D0771859

Autopsie d'une femme plate

Marie-Renée Lavoie

Autopsie
d'une femme plate

roman

XYZ
éditeur

Catalogage avant publication de Bibliothèque et Archives nationales du Québec et Bibliothèque et Archives Canada

Lavoie, Marie-Renée, 1974-

    Autopsie d'une femme plate

    ISBN 978-2-89772-054-4

    I. Titre.

PS8623.A851A97 2017   C843'.6   C2016-942334-46
PS9623.A851A97 2017

Les Éditions XYZ bénéficient du soutien financier du gouvernement du Québec par l'entremise du programme de crédit d'impôt pour l'édition de livres et de la Société de développement des entreprises culturelles du Québec (SODEC). L'éditeur remercie également le Conseil des arts du Canada de l'aide accordée à son programme de publication.

Financé par le gouvernement du Canada | **Canada**

Édition : Pascal Genêt
Révision : France Lafuste
Correction : Élaine Parisien
Conception typographique et montage : Édiscript enr.
Graphisme de la couverture : René St-Amand
Illustration de la couverture : Lyn Randle / Trevillion Images
Photographie de l'auteure : François Couture

ISBN version imprimée : 978-2-89772-054-4
ISBN version numérique (PDF) : 978-2-89772-055-1
ISBN version numérique (ePub) : 978-2-89772-056-8

Dépôt légal : 2e trimestre 2017
Bibliothèque et Archives nationales du Québec
Bibliothèque et Archives Canada

Diffusion/distribution au Canada :   **Diffusion/distribution en Europe :**
Distribution HMH   Librairie du Québec/DNM
1815, avenue De Lorimier   30, rue Gay-Lussac
Montréal (Québec) H2K 3W6   75005 Paris, FRANCE
www.distributionhmh.com   www.librairieduquebec.fr

Imprimé au Canada

www.editionsxyz.com

À tous ceux et celles
qui se sont fracassé le cœur
sur des « toujours »
plus courts que prévu.

Parce qu'il faut bien en rire.

1

Où je donne mon opinion sur le mariage.

J'ai toujours trouvé terriblement prétentieux de rassembler tous ceux qu'on aime pour dire voilà, nous, ici et maintenant, malgré les statistiques accablantes, nous pouvons affirmer que nous, fusionnés temporairement dans l'illusion de l'éternité, c'est pour TOUJOURS. Et nous vous avons demandé de prendre votre temps et votre argent pour venir ici aujourd'hui parce que nous, Nous, nous échapperons à ce qui tue l'amour chez les autres. C'est une certitude que nous avons, à vingt-trois ans, et que nous tenons à partager. Que la majorité se soit cassé les dents sur l'invraisemblance d'un tel serment ne nous a pas convaincus ni effrayés. Notre amour survivra puisqu'il est spécial, le nôtre. Nous ne nous aimons pas comme les autres, nous. Notre mariage à nous *will survive*.

Mais dans les soirées d'à peu près toutes les noces bien arrosées, les gens envahissent la piste de danse pour crier, en essayant d'enterrer Gloria Gaynor, qu'ils ont survécu, eux, à la mort de leurs illusions. Je les ai vues, moi, les matantes, les mains fermées sur des micros imaginaires en train de se payer un moment de toute-puissance en chantant les seules paroles connues de la toune : «*I will survive, hey, hey!*» Elles ont «survivé», oui, malgré leur divorce. Hé, hé.

À tout prendre, il n'y a qu'un véritable problème avec le mariage, et c'est la formule de l'échange des vœux. Ça ne fait pas sérieux, ces promesses d'amour faites à la vie, à la mort, dans le bonheur ou la misère noire. Par souci d'honnêteté pour les générations à venir qui s'entêteraient à se marier, je suggère donc qu'on amende la formule pour lui donner une tournure plus xxie siècle, moins conte de fées : «Je fais la promesse solennelle de t'aimer, et patati et patata, jusqu'à ce que je ne t'aime plus. Ou jusqu'à ce que je tombe pour quelqu'un d'autre.» Parce qu'on ne peut pas se le cacher, il arrive que le rouleau compresseur du quotidien aplatisse sérieusement les passions les plus enflammées, les plus solides.

Oui, tout le monde connaît des couples qui sont ensemble depuis soixante ans, contre vents et marées, de belles métaphores qui servent depuis des siècles et des siècles à magnifier le désarroi d'époux souvent prisonniers de leur promesse. La Terre compte plus d'enfants nés avec un sixième doigt de main ou de pied que de couples qui ont vécu véritablement heureux, ensemble, toute leur vie. Cette excroissance est présentée par la science comme une «anomalie exceptionnelle», alors que le mariage est encore une institution-pilier de notre société. À quand le Salon du sixième doigt?

Moi, je voulais seulement vivre avec l'homme que j'aimais, avoir de lui des enfants qu'on élèverait et chérirait en s'épaulant de notre mieux, le plus longtemps possible. Je les aurais aimés autant, mes petits bâtards. Mon mari aussi, s'il n'avait été que mon *chum*. Peut-être même mieux, sans cette gaine du mariage qui m'a empêchée de voir que notre amour s'était effrité de l'intérieur. Je me suis mariée parce que ma belle-famille trouvait mon amour trop simple. Avant cela, je n'avais jamais conçu la simplicité comme une tare. Elle sera bien servie dans son goût du complexe, la belle-famille, les divorces le sont toujours.

J'ai mis des années à me refaire quand il m'a dit « je pars, j'aime quelqu'un d'autre ». Ce n'est pas moi qu'il tuait par ses mots assassins, mais toutes les idées que je m'étais faites de moi, par ses yeux, par cette union sacrée qui me complétait, me définissait. Union dans laquelle je m'étais finalement totalement abandonnée puisqu'on l'avait scellée avec des serments sacrés et des bagues bénies.

Quand il m'a dit qu'il ne pouvait plus tenir sa promesse, j'ai perdu pied. Tous mes repères se sont évanouis en quelques mots. Et pendant ma descente aux enfers, vertigineuse, les perches que j'essayais d'attraper se dérobaient sous ma main.

On aura cru, à tort, que je lui en ai voulu de ne plus m'aimer. Les sentiments ne se commandent pas, c'est bien connu. Et c'est beaucoup mieux comme ça. La colère nous le fait oublier momentanément, mais on y revient un jour ou l'autre. C'est une chose que je pouvais comprendre au-delà de l'anéantissement que je vivais. Comment l'aurais-je forcé à continuer de m'aimer, d'ailleurs ? N'aurait-il pas préféré être encore amoureux de moi ? Tout aurait été plus simple, pour tout le monde, à commencer par lui qui allait devoir s'expliquer, s'excuser, se justifier, se défendre devant tant de monde pendant tant de temps avant d'espérer le retour de la paix. Pour être franche, je ne l'ai jamais envié dans toute cette histoire.

Je lui en ai voulu pour le temps, implacable, qui a laissé ses marques partout sur mon corps. Même s'il n'y est pour rien, je ne peux m'empêcher de trouver ingrat que les années n'aient eu sur lui que des effets bénéfiques au regard de nos goûts du jour. Les acteurs ne sont jamais aussi beaux qu'au tournant de la cinquantaine, alors qu'on fait des pipis nerveux en voyant Monica Bellucci jouer les Bond *girls*. C'est pour cette injustice crasse que je l'ai détesté, lui et sa nunuche, lui et son pouvoir de tout recommencer à zéro à l'âge où mon appareil reproducteur m'annonçait sa retraite. J'ai bientôt eu tant de fiel à déverser que je me suis mise à me détester moi-même, corps et âme. Si Jacques avait manqué d'arguments pour se pousser, j'aurais pu lui en fournir à la pelle.

N'empêche, comme les matantes, j'ai *survivé*.

2

Où je coule doucement,
plombée par ma surcharge pondérale.

«J'aime quelqu'un d'autre.»

Ma tête s'est remplie de sang. Mes yeux, sous la poussée, ont vibré dans leur orbite; quelques millilitres de plus et ils s'exorbitaient. Ça m'a paru tellement insensé que j'ai jeté un œil à la télé en souhaitant que les mots viennent d'ailleurs. Mais les deux vedettes qui essayaient de fourrer un poulet au prosciutto riaient à gorge déployée. Elles ne parlaient pas de désamour.

«Diane… je voulais pas… c'est pas toi, mais… *ouffff…*»

Il s'est mis à me débiter une bouillie de clichés qui goûtaient le jus de poubelle. Il les récitait nerveusement, en cachant mal son envie d'en finir. Je n'ai pas compris grand-chose, sinon quelques mots douloureux, «plate», «ennui», «désir», et qu'il réfléchissait à «nous» depuis longtemps. Charlotte venait tout juste de quitter la maison, je n'avais donc pas encore eu le temps, moi, d'avoir de la considération pour un pronom personnel qui excluait les enfants. J'aurais dû, oui, je sais. J'y ai pensé à minuit moins une.

« Diane, je… je m'en vais… »

Jacques est parti le soir même, pour me laisser le temps de me calmer et de penser à tout ça. Vingt-cinq ans de mariage soufflés en quelques mots. Il croyait que sa présence nuirait à ma réflexion et qu'il était préférable de me laisser de l'espace pour digérer une nouvelle qui, il en convenait, était difficile à avaler. J'ai regardé ses mots mièvres et décolorés tomber en miettes à mes pieds, le cœur au bord des lèvres.

Il s'est levé en soupirant, épuisé d'avoir tant parlé. Il n'a pas voulu me dire où il s'en allait. Ça se devinait. « Quelqu'un D'autre » devait l'attendre quelque part pour fêter le début de leur nouvelle vie, enfoncer les premiers clous de ma crucifixion.

« Quel âge ?

— Quoi ?

— Elle a quel âge ?

— Diane, c'est pas une question d'âge…

— JE VEUX SAVOIR SON *FUCKING* ÂGE ! »

Je l'ai lu dans ses yeux de chien battu : d'un âge indécent, Diane, indécent, mais l'affaire est tellement banale.

« C'est pas ce que tu penses… »

Quand le mari de mon amie Claudine l'a quittée pour une de ses étudiantes, ce n'était pas ce qu'elle croyait non plus : « C'est une fille brillante, elle a lu tout Heidegger ! » Pas sa faute, au beau Philippe, Heidegger avait éjaculé toute sa science philosophique dans le cerveau bien ferme d'une de ses étudiantes, et ça lui avait conféré une aura irrésistible. Qui est Heidegger ? On s'en fout. Et Claudine s'en contre-torche tellement, d'Heidegger, qu'elle a mis la main sur une collection de ses ouvrages pour allumer ses feux de foyer et tapisser le fond de la litière de ses chats. Avec le temps, l'image de la nénette au cerveau farci de phénoménologie heideggerienne s'est agglomérée à celle des boulettes de caca. On fait ce qu'on peut pour se faire du bien.

Je suis restée assise dans le salon, dans le noir, toute seule, en fixant la télévision que Jacques avait éteinte. L'écran me retournait, légèrement déformée, ma silhouette immobile, tétanisée. Mon corps était prisonnier d'une chape de douleur et de honte qui freinait tout mouvement. Si je restais là encore un peu, je finirais par disparaître, lentement absorbée par le divan. Ce serait bien de disparaître ainsi, sans chichi, je ne ferais plus obstacle au bonheur de personne, moi, la femme plate.

Le soleil s'est levé du même côté que les autres jours. Ça m'a étonnée. La fin du monde semblait ne pas avoir d'emprise sur le mouvement des astres. Il faudrait donc continuer, malgré mon impérieuse envie de crever. Je me suis alors levée, doucement, pour ne pas briser mes jambes exsangues qui allaient devoir, elles aussi, me servir encore un peu. Je commencerais par me débarrasser du divan sur lequel j'avais uriné pendant ma catalepsie.

Je suis entrée tout habillée dans la douche. J'aurais voulu pouvoir enlever, comme des vêtements, tout ce qui s'accrochait à moi. Sur la céramique s'entremêlaient le surplus de teinture de mon tailleur neuf, mon urine, mon mascara, ma salive, mes larmes. La vraie saleté ne partait pas.

Dehors, dans un tas pêle-mêle sur la belle pelouse fraîchement tondue, j'ai jeté tous les coussins. Je suis ensuite allée à la cave prendre une masse pour démolir le divan, en y mettant tout ce qu'il me restait d'énergie. J'ai même donné accidentellement un grand coup dans un des murs. Ça m'a fait du bien. Si je n'avais pas été aussi fatiguée, j'aurais réduit la maison en poudre.

Jacques m'a appelée le surlendemain pour voir si j'allais mieux et me demander, par respect pour ceux que nous aimions, de jouer le jeu du « tout-va-très-bien-madame-la-marquise », le temps de préparer les enfants, nos familles, nos collègues. Et comme notre vingt-cinquième anniversaire de mariage approchait et qu'il trouvait insensé de tout annuler – « Je sais que j'aurais dû y penser avant… » –, il tenait à ce qu'on fasse acte de sagesse en passant cette soirée ensemble, dans une sérénité familiale que tout le monde « attendait et méritait ». Je me suis sentie comme ces épouses indiennes qui, le soir de leurs noces, demeurent à l'écart de la fête, recueillies cérémonieusement pour recevoir les vœux d'un bonheur qui déjà les exclut. Je n'ai jamais compris ce que ma vie pouvait avoir de méritoire pour les autres.

« Tu peux y penser pis me revenir là-dessus ?

— Hum hum. »

J'ai toujours détesté ça : « revenir là-dessus ».

J'ai pourtant suivi la consigne, j'ai réfléchi.

J'ai opté pour une solution simple, de mon temps : je me suis créé un profil Facebook (avec l'aide de mon fils Antoine, au téléphone). Ensuite, j'ai passé des heures à lancer des invitations d'amitié aux quatre coins de la province et bien au-delà. J'ai commencé par mes beaux-parents, ma belle-sœur, les cousins éloignés d'un peu tout le monde, nos collègues, amis, voisins, connaissances, ennemis, alouette. Dès qu'une personne acceptait mon amitié, j'inspectais sa liste d'amis pour m'assurer de n'oublier personne. Les commentaires fusaient de toutes parts sur mon arrivée tardive, mais ô combien soudaine et fulgurante! sur les réseaux sociaux. Je cliquais «j'aime» partout, à tout ce que les gens disaient, montraient, commentaient, même à ceux qui tenaient à dire qu'ils avaient joué à Tetris ou qui croyaient intéressant de faire savoir quel thé ils s'apprêtaient à boire. Je commentais tout avec un enthousiasme aussi vrai qu'une plante en tissu est naturelle.

Le soir même, j'avais trois cents vingt-neuf nouveaux amis et j'attendais encore une bonne centaine de réponses. J'ai alors composé mon tout premier statut Facebook à vie. Quand c'est possible, il faut que les premières fois soient marquantes, inoubliables.

DIANE DELAUNAIS · 20 h · 🌐
Facebook, toi qui sais tout, peux-tu me dire si je devrais annuler les festivités de mon 25e anniversaire de mariage vu que Jacques (mon mari) m'a annoncé qu'il me quittait pour «Quelqu'un D'autre» (sexe non déterminé, mais prévisible)? Objectif: 300 «j'aime» d'ici demain. Faites circuler svp. Songe à visionner des *fails* pour voir du monde se péter la gueule.

J'ai ensuite éteint mon ordinateur, mon cellulaire, les lumières, la télé, j'ai verrouillé toutes les portes (avec chaînes et autres loquets de sécurité), j'ai avalé quelques somnifères et me suis recroquevillée en boule dans le lit de la chambre d'amis. Je souffrais beaucoup trop pour me réjouir de quoi que ce soit. Je voulais que les premiers jours se jouent sans que j'y sois. Que les gens s'écrivent, s'appellent, s'accusent, se consolent, le jugent, me plaignent, nous condamnent, s'exclament, soient horrifiés, analysent et commentent toute l'affaire sans moi ; je ne me taperais pas les premiers grands malaises, les « mon-dieu-a-le-savait-pas » murmurés trop fort, les regards évités, les faces déconfites et les mains rabattues sur la bouche pour contenir la surprise ou le choc (ou le contentement, qui sait). Je ne me promènerais pas devant qui que ce soit en essayant de faire comme si je n'avais pas envie de mourir. J'en avais tant vu, au bureau ou ailleurs, tituber comme des zombis, les bras chargés de dossiers, en essayant de faire croire que ça allait. J'ai pris un congé coûteux comme une réception de 25ᵉ anniversaire de mariage et j'ai tout laissé en plan le temps de ressusciter ; c'est une chose possible à quarante-huit ans, quand on a une belle banque de congés accumulés et quelques économies. J'avais lancé la nouvelle comme une carcasse viandeuse dans une foule de chiens affamés. J'espérais refaire surface quand il ne resterait plus rien, qu'un tas d'os blanchis que je pourrais ramasser sans avoir la nausée.

J'aurais aimé que tout le mal que je faisais en lançant une telle bombe me décharge un peu de ma douleur. Mais il n'aura finalement servi qu'à la rendre plus vive en me confrontant aux multiples tentacules de notre relation. Je m'étais toujours imaginé que les pires souffrances se vivaient par le corps ; j'aurais échangé bien des accouchements sans péridurale contre cette douleur-là. Je sais de quoi je parle.

Pendant les semaines qui ont suivi, je n'ai accepté de voir que mes enfants. Ils souffraient eux aussi, évidemment. Les autres ont tambouriné à qui mieux mieux à ma porte et dans toutes mes boîtes à messages. Je les vidais sans rien lire ni écouter. J'ai même définitivement supprimé mon profil Facebook, sans lire les quatre cent soixante-douze commentaires qui s'étaient accumulés. J'ai passé des jours et des nuits à fixer le plafond, sans rien faire d'autre que d'essayer de comprendre ce qui m'avait échappé. Quand je m'endormais, épuisée, c'était pour me réveiller dans un cauchemar plus terrifiant encore ; je redécouvrais, chaque fois, qu'on venait de m'amputer. La douleur ne s'estompait pas, la plaie demeurait ouverte. L'air n'atteignait plus mes poumons. Les deux pieds dans la bouse de ma vie qui s'effritait comme une gaufrette, je me suis laissé avaler.

Du fond des ténèbres, j'ai trouvé la force de me donner une petite poussée pour remonter. *The show must go on*, comme chantait l'autre. Je l'avais crié à pleins poumons dans mon adolescence. Maintenant je le vivais.

Petit à petit, j'ai laissé les gens que j'aimais revenir dans ma vie, au compte-gouttes. C'est avec beaucoup de sollicitude qu'on m'abreuvait de maximes usées à la corde, comme des prières marmonnées depuis des siècles et des siècles. J'ai bu leur maladroite bonté comme du bouillon de poulet trop salé après une gastro. Sans me guérir, ils m'ont tout de même un peu sauvée de moi.

Il n'y a pas eu d'anniversaire de mariage célébré en grande pompe au Château Machin. Pas de beaux discours sur les vertus des serments qui durent, pas de vœux renouvelés, pas de vieille tante coiffée d'une pièce montée ni d'oncles soûls aux mains baladeuses. Surtout, pas de survivants sur le *dance floor*.

Avec l'argent que j'ai obtenu en vendant mes alliances, je me suis acheté de superbes bottes italiennes bleues hors de prix, je le dis sans honte, pour que mes pieds éclipsent tout le reste pendant un moment. La maison des jeunes à qui j'ai donné le reste de l'argent s'est dotée d'un jeu de baby-foot et d'une table de ping-pong. Que des jeunes tapent des balles sur les retailles de mon mariage me faisait du bien.

3

Où Claudine, sans trop de succès, tente de m'aider.

Mon amie Claudine m'a conseillé, comme on le fait toujours en pareille occasion, de m'accrocher à ce que la séparation m'apportait de positif. *À quelque chose malheur est bon.* Elle a eu la sagesse d'attendre quelques mois avant de me lancer ses bouées de sauvetage, sachant, pour l'avoir vécu elle-même, que la rage ressentie les premiers temps noie tout, la capacité à raisonner comme le reste.

«Penses-y, t'auras plus besoin de ramasser son linge sale, de laver ses bobettes dégueulasses.

— Jacques se ramassait.

— T'as le lit à toi toute seule maintenant!

— Je déteste ça. Pis je dors dans la chambre d'amis.

— La maison! Tu pourrais vendre ta grosse maison, t'acheter un petit condo en ville, pas d'entretien, à deux pas des beaux petits cafés.

— C'est la maison de mes enfants, toute leur enfance est là. Y ont encore leur chambre.

— Mais c'est plus des enfants, justement…

— Charlotte va revenir l'été.

— *Come on!* L'été… Prends-toi un condo avec une chambre d'amis, ça va faire l'affaire.

— Pis les petits-enfants, quand y vont venir me voir?

— T'en as pas!

— Pas encore, Antoine pis sa blonde en parlent déjà.

— Antoine? Y arrive pas à s'occuper de lui-même!

— Y est juste un peu désorganisé.

— Prends-toi un condo avec une piscine intérieure, y vont tout le temps vouloir venir te voir. Pis y vont sacrer leur camp le soir.

— J'suis pas prête.

— Sa famille! T'haïs pas ta belle-sœur, toi? La princesse avec ses morveux?

— Oh mon dieu! Je t'ai pas conté ça! Je l'ai revirée de bord sur un moyen temps.

— Pas vrai?

— Oui, une couple de semaines après le départ de Jacques. »

■

Dans un embrouillamini de conversations, un soir, Jacques avait lancé à sa sœur, qui se plaignait de ne pas avoir de vie, de ne jamais pouvoir s'arrêter, de n'avoir jamais une minute à elle, comme tout le monde, qu'on pourrait lui donner une pause en gardant ses enfants de temps en temps. J'ai le souvenir d'avoir ressenti une forte douleur à la poitrine en entendant sa proposition. Jacinthe, devenue mère par choix, au début de la quarantaine – elle trouvait absurde de gâcher sa jeunesse à élever des enfants avant ça –, avait désormais deux jeunes monstres à qui on n'interdisait jamais rien, qui n'avaient aucun respect des choses, des gens, qui n'avaient jamais attendu pour obtenir quoi que ce soit et qui ne voyaient pas l'utilité de se montrer agréables. Leur statut de dieux incontestés semblait les exempter des règlements et des conséquences qui allaient de pair avec leurs transgressions. Jacinthe n'a pas attendu qu'on confirme la faisabilité de l'affaire : elle s'est pointée, le mercredi suivant, avec un sac bien garni pour la longue soirée des petits. Pour elle : yoga chaud et petit souper avec ses amies dans un pub branché.

Même en l'absence du renouvellement de l'offre, elle s'est pointée tous les mercredis suivants, yoga ou pas, *crossfit* ou pas. Mon gentil Jacques n'a jamais cru bon de lui dire qu'il n'était pas poli de faire une interprétation libre d'« une fois de temps en temps » pour en arriver à « tous les mercredis sans exception ». Nous ne lui avons échappé qu'à deux ou trois reprises, quand j'ai forcé Jacques à venir me rejoindre au restaurant... à 16 h 30. Que je n'aie, moi, jamais même songé à la possibilité de faire une heure d'un quelconque exercice quand mes enfants étaient jeunes semblait lui être totalement sorti de l'esprit quand il me disait, plein de conviction : « Mais elle a besoin d'une pause, c'est pas facile, deux jeunes enfants, rappelle-toi. Pis Georges est presque jamais là. » De toute façon, quand le beau Georges y était, il n'avait pas le temps de « garder » ses propres enfants. J'ai donc respecté l'engagement de Jacques pendant près de deux ans, autant parce que je ne voyais pas comment refuser que parce qu'il y avait quelque chose en moi qui voulait casser ces enfants.

Comme elle était sur la ligne de front quand j'ai lancé ma bombe Facebook, Jacinthe a cru sage de ne pas se pointer le premier mercredi. Sa mère lui avait sûrement enjoint, au nom du Dieu qui m'avait mariée, de ne pas laisser ses enfants à une hystérique qui sabotait les rencontres familiales. Les grands-parents ne les gardaient jamais, ils n'avaient plus la force de courir après eux et de les décrocher des rideaux. La semaine suivante, en se foutant royalement de l'état dans lequel je me trouvais, elle s'est pointée chez moi, à l'heure habituelle, juste avant le repas, bien sûr, avec son sac bien chargé pour les soirées qui s'étirent.

Elle a sonné plusieurs coups d'un doigt enragé, et fondu de bonheur en me voyant ouvrir.

« Ah ! Mon Dieu ! J'ai eu peur que tu sois pas là. Merci, mon Dieu ! LES GARS, ARRÊTEZ DE COURIR PARTOUT, VENEZ ICI, MATANTE DIANE EST LÀ !

— Mais matante Diane est pas ben ben d'humeur à garder aujourd'hui. Avec la patience que j'ai, je risque plus de les étriper qu'autre chose.

— Tu dois quand même commencer à aller mieux, là ?

— Non, pas vraiment.

— Pourtant, t'as l'air en forme.

— C'est trompeur.

— OK. Je comprends. Regarde : je fais mon cours, après je prends juste une petite entrée avec les filles, pis je reviens tout de suite. Je resterai même pas pour la soirée.

— Non, pas aujourd'hui, Jacinthe, désolée. Je serai pas capable. T'aurais dû appeler avant.

— Mais j'ai appelé cinquante fois ! Tu répondais pas !

— Parce que j'ai pas envie de parler ni d'avoir de visite.

— Bon, OK, c'est plate, ça, c'est vraiment plate. Moi qui étais toute contente d'avoir enfin une soirée à moi, un peu de temps. Des fois, je me demande comment je fais pour pas virer folle. Je cours, je cours, du matin au soir… pis Georges qui est jamais là…

— Ben oui, je comprends, j'suis passée par là, j'ai eu trois enfants, moi. Sauf que j'avais pas de matante pour me les garder toutes les semaines, les miens. Personne s'est jamais offert…

— Je trouve ça vraiment plate que ce soient les enfants qui paient pour votre séparation. Pour eux autres aussi, c'est leur moment de la semaine.

— Mais va voir ton frère ! Y est encore en vie, ton frère ! »

Elle m'a fait une formidable face de bœuf qui la faisait ressembler à sa mère.

« Bon, pas le choix, on va sauter un autre cours. Avoir su, je me serais pas ruée aussi de bonne heure pour aller les chercher. Super ! Pis moi qui ai rien pour souper… OK, LES GARS, ON S'EN VA, MATANTE FILE PAS !

— J'espère que tu vas te trouver quelqu'un de fiable pour garder.

— Quelqu'un de fiable…

— Oui, je pense que j'ai assez donné.

— T'es sérieuse ? Tu nous *flushes* de même ? Ben j'ai mon osti de voyage ! Madame se sépare, la vie s'arrête, tout est fini, fait que mangez de la marde tout le monde, arrangez-vous !

— Moi, mon osti de voyage, je l'ai en te voyant débarquer ici comme une effrontée, toutes les semaines, pour me refiler TES enfants que TON frère t'avait offert de garder, pas moi, PAS MOI, ce qui m'a pas empêchée de les garder pratiquement TOUTES les semaines pendant deux ans, DEUX ANS!

— J'en reviens pas! Tout ce temps-là, je pensais que t'étais contente de les garder!

— J'étais contente, mais je l'aurais été encore plus si je les avais gardés une fois de temps en temps, comme on te l'avait offert.

— Mais c'est quoi pour toi, une soirée par semaine?

— La même chose que pour toi! La même chose!

— Tes enfants sont partis, toi!

— Ton frère aussi, ses enfants sont partis! Pis y sont deux, eux autres!

— Laisse faire, c'est beau, je vais retourner chez nous, *fuck* les cours, tant pis, même si je suis sur le bord de péter au frette, c'est pas grave, madame a besoin de toutes ses soirées à elle toute seule…

— HÉ! LA GROSSE ÉPAISSE! C'EST PAS TOI QUI SOUFFRES, C'EST PAS TOI, C'EST MOI! MOI! JE FAIS PAS CHIER PERSONNE, C'EST MOI QUI ME FAIS CHIER, J'ME FAIS CHIER PAR TON FRÈRE, PAR TOI, PAR BEN DU MONDE, OSTI DE NOMBRIL! FAIS COMME TOUT LE MONDE, PAYE-TOI UNE GAR-DIENNE! LES AS-TU DÉJÀ GARDÉS, MES ENFANTS, DANS LE TEMPS QUE TU LES AVAIS TOUTES, TES SOIRÉES? MAIS NON, JAMAIS, JAMAIS, PAS UNE CRISSE DE FOIS! QU'EST-CE QUE TU FAISAIS DE TOUTES TES SOIRÉES, CRISSE D'ÉGOÏSTE, HEIN?»

■

« J'aurais pas dû sacrer de même devant les enfants.

— *God!* J'aurais tellement voulu être là...

— Attends. En claquant la porte, je l'ai entendue marmonner quelque chose comme « Mon pauvre frère, je comprends, là... », dans le genre. J'ai eu une montée de bile.

— La maudite *bitch*!

— Fait que j'ai rouvert la porte pis j'y ai crié : « Hé! La grosse, t'es trop vieille, pis trop grosse pour porter des leggings! *Camel toe!* »

— À porte des leggings comme pantalons?

— *Yes* madame, avec des motifs.

— Ç'a dû te faire du bien?

— Même pas... je me suis écroulée de l'autre bord de la porte pis j'ai braillé toute la soirée.

— C'est les nerfs.

— Je vais m'ennuyer pareil de ces deux petits morveux-là.

— OK, c'est pas positif, ça. On va trouver autre chose. »

Mais les efforts de Claudine ne servaient à rien, le départ de Jacques ne m'aidait pas : il faisait les poubelles, le recyclage, le compost, il cuisinait souvent – mieux que moi d'ailleurs –, pensait aux courses, payait les comptes, se souvenait des rendez-vous importants, n'arrivait jamais en retard, baissait la lunette de la cuvette, aimait le vin, les bonnes bouffes, mes amies et me rapportait, le samedi matin, des muffins aux céréales et aux noix. À l'exception de quelques poils en moins ici et là, je n'avais aucune raison domestique de me réjouir de son absence.

«Quelqu'un D'autre» devait être en train de découvrir que son amant était aussi un gentil compagnon multitâche. Elle ne le laisserait jamais s'enfuir. C'est le problème quand on choisit trop bien son mari : il est difficile d'avoir ensuite à le partager.

«Tu devais être écœurée de l'entendre raconter les mêmes histoires, depuis vingt-cinq ans ?

— Non. Y avait le tour de conter.

— Y s'habillait mal.

— Non.

— Y ronflait ?

— Non.

— Y puait ?

— Non.

— Quand y faisait du sport ?

— Même pas.

— Y était désorganisé ?

— Moins que moi.

— Y t'écoutait pas parler, y faisait semblant que ça l'intéressait ?

— Non.

— Y lavait son char le samedi matin dans l'entrée de garage.

— Y a jamais lavé son char lui-même.

— Y mettait des bas dans ses sandales.

— Non.

— Pis y était tout le temps patient ?

— Comme si y allait jamais mourir. »

Quand on a eu fini de faire le tour, je me sentais en suspension au-dessus d'un abysse insondable. Chacun de ses non-défauts me révélait un peu plus les miens, finissait par me faire croire que je n'avais jamais été, pendant toutes ces années, à la hauteur de l'homme qui m'avait mariée probablement plus par charité que par amour.

«OK, t'exagères, c'est n'importe quoi. Là, t'es dans la phase où tu magnifies ton ex, tu le prends pour Dieu, pis toi t'es de la marde. C'est normal, fais pas attention, ça va passer. Y était sûrement pas si extraordinaire que ça, ça va te revenir dans ta phase «détachement». On va trouver autre chose en attendant.

— Ça sert à rien…

— Ça fait passer le temps. Parce que ça va t'en prendre, du temps, beaucoup de temps. Pis comme y a pas l'air de s'enligner pour devenir tout de suite un trou de cul…

— Y sera jamais un trou de cul…

— … faudrait peut-être penser aux grands moyens.

— Comme?

— Y a une façon presque infaillible d'inverser les rôles.

— *Pfff…*

— Mais j'suis sûre que c'est pas ton genre. Je connais plein de gens qui l'ont fait, mais c'est pas ton genre, pis je respecte ça, pis j'suis pas certaine que ça serve autant qu'on le voudrait de toute façon…

— Tu dis n'importe quoi.

— Jacques est peut-être pas juste un gentil mari, ma belle chérie.

— Non, c'est un humain, comme tout le monde, mais y a toujours été un parfait gentleman avec moi.

— Osti de niaisage! Y t'a trompée, y t'a joué dans le dos! Pis y t'a dit que t'étais plate!»

J'avais pourtant cru que les mots, à force de les dire, s'usaient, se délavaient, devenaient comme des savons trop petits qui glissent des mains; ils avaient acquis, au contraire, une fabuleuse force destructrice qui leur permettait de fondre sur moi comme une marée noire. « Plate » comme dans « poignard ».

« *Cheap shot*, vraiment, *cheap shot*, t'es juste une…

— Une quoi? Enweille! UNE QUOI? Choque-toi! Haïs-moi! Je vais faire ça pour toi! Haïs-moi, mais haïs quelqu'un! Y va pas revenir, ton Jacques, c'est fini, ma belle! Y est parti avec une pitoune de trente ans!

— Tu dis ça parce que tu t'es fait crisser là pis qu'y est jamais revenu, ton Philippe!

— Mais y va pas revenir, ton beau Jacques non plus, t'es dans le déni, ma pauvre, passe à autre chose, ça fait des mois! C'est un trou de cul comme les autres, pis y avait le goût de la chair fraîche, comme les autres.

— Y est dans une passe, une mauvaise passe, c'est un *trip* de cul…

— NON! Y est parti vivre avec elle! ALLÔ Houston! Y est parti, Diane, allume!

— Mais on est mariés… »

Elle a reculé de deux pas, comme si je venais de lui annoncer que j'avais l'Ebola.

« OK. Là, on va régler quelque chose une fois pour toutes: arrête de dire ça, tout le monde rit de toi pendant le lunch.

— Qui? De quoi?

— Tu finis toujours par parler de mariage quand tu parles de ta séparation.

— Mais ça veut dire quèque chose, être mariés…

— Non, Diane, ça veut rien dire. Quand t'aimes pus, t'aimes pus, mariage ou pas. C'est pas un sort magique, le mariage, ça protège de rien.

— Mais les couples mariés sont plus forts, durent plus longtemps, y a quand même des statistiques !

— Mais les statistiques parlent jamais d'amour, ma belle !

— T'es cynique, Claudine, c'est triste.

— T'es déconnectée, Diane, c'est pathétique. »

Heureusement, quand on est mère, à l'heure où les technologies tirent les ficelles de notre vie et changent au rythme des saisons, le mot « déconnecté » est une insulte qu'on encaisse quotidiennement, au propre comme au figuré. Un coup de couteau dans une livre de beurre mou. Bien peu de chose.

J'ai traîné ma carcasse de femme mariée plate et déconnectée jusqu'au restaurant où m'attendait Charlotte, ma gentille fille, future vétérinaire, presque trop brillante pour être de moi, qui multipliait les visites de compassion depuis le départ de son père. Ma fille est une belle âme dévouée qui voudrait sauver le monde entier. Je la soupçonne d'ailleurs d'avoir choisi la médecine vétérinaire parce que les animaux se laissent faire plus facilement. Du moment qu'on les aime et les soigne un peu, ils s'abandonnent à nous comme les humains vulnérables à des gourous, à cette différence près qu'on ne peut leur soutirer, en contrepartie, que de l'affection.

Contrairement à mon habitude, j'ai demandé au gentil serveur venu m'offrir un apéritif en gambadant de m'apporter un beau grand verre de blanc. J'avais besoin de réintégrer mon corps pour jouer à la mère qui surnageait.

« Allô, maman !

— Allô, ma belle cocotte ! Pis, les examens ?

— Euh... la session est pas commencée.

— C'est vrai, excuse-moi, j'suis dans la lune. Pis, comment ça va ?

— Ça va super bien.

— T'as parlé à ton père ?

— Oui.

— Quand ?

— Avant-hier, me semble.

— Y va bien ?

— Oui, oui. Ça va.

— Tant mieux. »

Je m'étais bâti un ordre du jour que je suivais à la lettre quand je voyais mes enfants : études ou travail, Jacques, les amours, les projets à venir. De cette façon, je n'oubliais rien et donnais l'impression qu'on pouvait parler de tout sans malaise, même de lui. Les premiers temps, je me l'étais même écrit dans la main.

« J'suis passée à la maison avant de venir ici. J'ai vu que t'avais aussi démoli ton lit.

— Je l'ai défait en morceaux pour le sortir, y passait pas par la porte.

— On aurait pu le dévisser.

— Bah, c'est compliqué dévisser tout ça. C'est vite fait avec la masse.

— T'as commandé un autre lit ?

— Non, pas tout de suite.

Dans une minuscule case logée très profondément dans mon cerveau, l'idée que je devais attendre de consulter Jacques avant d'en choisir un nouveau vivotait.

« Pourquoi ça pressait tant de le sortir ?

— …

— J'ai pensé qu'on pourrait aller magasiner ?

— T'as besoin de quelque chose ?

— Non, juste pour faire une petite tournée des boutiques. Quand tu voudras.

— OK.

— Ça fait du bien s'acheter quelque chose de neuf quand on file pas, non ?

— Ah, tu files pas ?

— Maman…

— Tiens, j'ai une idée : je prends congé cet après-midi. T'es libre ? »

■

La jeune fille qui me proposait des jeans portait les siens beaucoup trop serré. Des deux fesses qu'elle devait avoir initialement, il n'en restait plus qu'une, traversée par une couture qui peinait à maintenir endiguée toute cette chair mollassonne. Je ne la jugeais pas, je constatais.

Elle voulait que j'essaie des coupes *skinny*, une espèce de jeans moulants comme des leggings qui, s'ils ne révélaient pas autant le détail des organes génitaux que des vrais leggings, n'en désavantageaient pas moins la silhouette. Charlotte, derrière la vendeuse, me faisait des *timeout* avec ses mains quand elle désapprouvait. Mon idéal reposait encore sur le sexy confort que vendaient les publicités de Levis dans les années quatre-vingt. Un brin déconnectée, la petite madame.

Dans le miroir de la cabine d'essayage, sous la cruelle lumière des néons, le regard «lucidifié» par mes deux verres de blanc du dîner, mon corps m'est apparu dans toute sa disgrâce. Malgré le poids perdu dans les dernières semaines, mes jambes me semblaient lourdes, molles, impropres à porter un corps. Sur le renflement de mon ventre tout aussi mou se soulevait ma chemise plissée. Trop petits pour s'imposer ou évoquer la volupté, mes seins reposaient sagement sous le tissu. La platitude se lisait jusque-là, dans chacune de mes formes empâtées, dans mes cheveux sans vie, mes yeux cernés, mes vêtements beiges et mes teintes de maquillage naturelles. Normal qu'un homme comme Jacques ait fini par s'emmerder, l'ennui s'était taillé une niche dans chacune des cellules de mon corps.

Je me suis effondrée par terre, dans la crasse de tous ceux passés là avant moi. Je ne pouvais ni me relever ni parler. La douleur me clouait au sol, comme si la gravité venait tout à coup de tripler. Je voyais les pieds des gens qui continuaient de vivre normalement de l'autre côté. Je les enviais. À défaut d'être originale dans la vie, je pourrais l'être dans la mort : je n'avais jamais entendu parler de quelqu'un foudroyé par sa laideur, retrouvé sans vie au fond d'une cabine d'essayage.

Quand Charlotte s'est rendu compte que je ne ressortais pas ni ne répondais à ses appels, elle s'est glissée sous la porte de la cabine pour venir me rejoindre. Il a presque fallu qu'elle rampe pour ne pas se râper la colonne vertébrale. Elle s'est tapie à côté de moi, m'a prise dans ses grands bras de femme, sans dire un mot. Ma petite Charlotte, mon bébé. J'entendais dans son silence les «ça va aller, maman, ça va aller», «je t'aime, ma petite

maman ». Elle respirait à peine, comme si elle voulait disparaître, elle aussi. Elle a plongé avec moi dans les sables
mouvants, sans rien me demander. Ça m'a donné envie
de m'accrocher.

« Ça va pour les grandeurs, ici?

— Super!

— Pis les *skinny*, finalement?

— Super aussi!»

C'est venu à la même vitesse que l'abattement, je me
suis mise à rire comme une folle. Tout mon corps sur-
sautait. Plus j'essayais de contenir mon fou rire, plus il
augmentait. Par contagion, Charlotte s'y est mise. Du
joli. Deux femmes enlacées, dont une à moitié à poil, en
train de pleurer, agenouillées sur le plancher sale d'un
magasin. Du joli, vraiment.

« Te rappelles-tu quand t'étais petite, tu t'embarrais
toujours sans faire exprès dans les toilettes publiques?

— *Pfff...* oui!

— Chaque fois, je te disais de pas barrer, mais tu le
faisais pareil!

— Je sais, j'arrivais jamais à débarrer, après. Je sais
pas pourquoi, ça me stressait trop, je pense.

— Fait que je passais en dessous.

— T'es déjà passée au-dessus, y avait pas assez de
place en dessous.

— Ah oui?

— Au Château Laurier. Pis t'étais en robe, t'avais pas
trouvé ça drôle.

— Ah mon dieu! Je m'en souviens... »

On est sorties de là au bout d'un quart d'heure, la face
barbouillée de vieilles larmes séchées, encore secouées

par des rires qui s'alimentaient de toutes les histoires qui nous revenaient. La vendeuse s'obstinait tant à ne pas sourire, qu'on a fini par penser que c'était interdit par la chaîne de magasins. Je la comprends, il n'y a pas de quoi rire quand des jeans fabriqués par des employés exploités au Bangladesh coûtent près de deux cents dollars la paire, assurant ainsi une vie de luxe à une clique de bourgeois à la conscience malade. Pas de quoi rire quand moi, prétextant que je n'ai pas le choix, je les achète.

En voyant que je ne revenais pas en après-midi, Claudine m'a envoyé plusieurs textos. Elle tenait absolument à me dire une chose très importante et voulait que je la rappelle.

« Je m'excuse.

— Moi aussi.

— Mais c'est pas l'affaire importante que je voulais te dire.

— Non, tu voulais me dire comment faire pour que Jacques devienne un trou de cul.

— Ben non, c'est même pas ça.

— Je peux-tu quand même savoir comment faire ?

— Je pense pas que c'est une bonne idée…

— Je veux savoir, *shoot*.

— T'es sûre ?

— Oui.

— Détective privé.

— Détective privé ? Qu'est-ce que tu veux qu'y m'apprenne, le détective privé ? Que mon mari est parti avec une greluche ?

— C'est ça que je dis, c'est pas une bonne idée.

— Mais tu voulais quand même me le proposer.

— Oui, parce que, des fois, quand on a envie de s'aider un peu, c'est bon de savoir que tout s'est pas toujours passé comme on pense.

— Qu'est-ce que tu veux dire ?

— *Arrrg…* j'aurais dû fermer ma gueule avec ça.

— T'as commencé, enweille !

— Tu penses que Jacques est un saint, mais c'est sûrement pas le cas.

— Pourquoi pas ?

— Les statistiques roulent pas pour lui.

— On s'en fout, des statistiques.

— Tiens tiens…

— Enweille !

— Il l'a fréquentée combien de temps avant de sacrer son camp avec la belle Charlène ?

— Je pense qu'on a fait le tour de la question à peu près dix fois, Jacques et moi, pis je te l'ai raconté autant de fois.

— Y t'a raconté ce qu'il voulait bien te raconter.

— Mais y est parti avec elle ! Qu'est-ce que ça change maintenant ?

— Y l'a peut-être fréquentée pendant deux ans avant de se décider à partir !

— Ben non, voyons, c'était nouveau ! Relativement nouveau. Charlène était au bureau depuis six mois quand y a sacré son camp.

— OK, admettons que c'était nouveau avec elle, ce qui me surprendrait, mais c'est pas grave, est-ce que ça se pourrait qu'avant elle…

— Quoi ?

— Tu penses que c'est sa première histoire de ce genre-là ?

37

— …

— Ça change rien, le détective, c'est juste pour inverser les rôles, pour t'aider à le trouver dégueulasse.

— …

— Diane?

— …

— DIANE?

— Je réfléchis.

— Non, fais pas ça, ça sert à rien. Laisse tomber, on oublie ça.

— Tu sais des affaires que je sais pas.

— Non, je te le jure. C'est juste que ton histoire est tellement classique! Voir si ton beau Jacques, du jour au lendemain… tu sais que j'ai jamais réussi à faire le compte de toutes les étudiantes que Philippe s'est tapées?

— Je me sens tellement conne…

— Mais non, mais non, oublie ça.

— J'imagine que t'as un nom pour moi, quelqu'un de recommandable.

— Veux-tu entendre ce que j'avais de positif pour toi? C'est une superbe idée, c'est pour ça que je t'appelais. C'est pas quelque chose que t'auras plus, c'est quelque chose que t'avais pas, pis que tu vas pouvoir avoir, enfin!

— Hum…

— Quelque chose que tu pouvais pas faire avec Jacques.

— Je vois pas ce que je pouvais pas faire, à part baiser avec d'autres.

— T'oublies une chose importante… tu m'en as souvent parlé…

— Je vois pas.

— Non? Pas de souvenir?

— Enweille.

— C'est pour ça que Cloclo est là!

— OK, la matante, crache.

— Tu vas enfin pouvoir... frencher.

— Frencher? T'es sérieuse? C'est ça, ta grosse affaire? J'en ai rien à foutre, de frencher!

— Ben voyons, tu vas pouvoir *frencher*! *FREN-CHER*! Ça fait quoi, vingt-cinq ans que t'as pas *frenché*? Combien de fois tu m'as dit que ça te manquait, que t'en rêvais, que Jacques *frenchait* pas!

— Mais c'est pas un projet de vie, ça!

— Mais je te donne pas un projet de vie, je te donne une bonne raison de te botter le cul! T'es intelligente, t'es belle...

— Essaie pas, j'arrive des magasins.

— Personne se trouve beau ou belle dans une cabine d'essayage.

— J'suis molle.

— Aucune importance pour frencher! Mets-toi des bas de compression en attendant de te remettre en forme, pis ça va être diguidou!

— *Pfff...*

— T'es belle, Diane, j'espère que t'en doutes pas! T'es mauditement belle. Si je t'aimais pas autant, je t'haïrais.

— Mets-en pas trop.

— Nomme-moi un gars que tu *frencherais*, vite vite, sans penser.

— C'est ridicule, j'ai l'impression d'avoir quatorze ans.

— T'es pas loin de ça si on enlève tes vingt-cinq ans avec Jacques.

— Vingt-huit : on était ensemble depuis trois ans quand on s'est mariés.

— C'est encore pire ! Faut que tu commences à quelque part ! Le *french*, c'est un peu comme le tremplin d'un mètre à la piscine : faut que tu te pratiques sur le moins haut avant d'aller sur celui de dix mètres.

— Drôle de comparaison.

— Je sais. Enweille, un nom !

— J'ai pas le goût de *frencher* personne !

— UN NOM !

— JI-PI !

— Ji-Pi du quatrième, le comptable ?

— Oui, pourquoi ?

— Je sais pas, tu vises peut-être un peu haut. Pis y est marié, faudrait que je vérifie dans mes dossiers.

— Tu m'as demandé un nom !

— Oui oui ! C'est parfait ! Excellent ! On garde Ji-Pi. C'est ta première idée. Concentre-toi là-dessus. De toute façon, on parle juste de *frencher*.

— Ben oui, super facile.

— Plus que tu penses. Beaucoup plus que tu penses.

— Ça m'inquiète un peu que tu dises ça de même.

— Pourtant, si tu savais comme j'ai raison.

— Je vais prendre le nom de ton détective.

— Pis j'ai une bonne psy. »

■

Blottie dans sa grosse couverture de poils, Charlotte écoutait sur son ordinateur un épisode d'une série américaine que je devais « absolument voir ». Elle m'avait dit

ça une bonne trentaine de fois dans les deux dernières
années. J'avais pris un tel retard depuis *Six Feet Under*
que j'avais renoncé à m'y mettre. Oui, déconnectée.

« Pis, les jeans, tu regrettes pas ?

— Ben non, ma chouette, j'suis super contente. Si tu
me dis que ça me fait bien, je te crois.

— Mais c'est vrai que ça te va bien !

— Hum hum.

— C'est vrai, t'es écœurante pour ton âge !

— Pour mon âge.

— Non, c'est pas vrai, t'es écœurante tout court !

— Hum hum.

— Je te jure.

— T'as parlé à Claudine ?

— Claudine ? Non. Pourquoi ?

— Vous avez le même discours.

— Normal, t'es belle. Tout le monde te trouve belle.

— Ouin…

— Pas ouin, oui.

— Merci, ma belle chouette, t'es fine. Dis-moi donc
ce que tu penses du Nautilus ?

— Bof, ça coûte les yeux de la tête pis le monde se
croit en maudit là-dedans. Tu veux faire du chest-brrrras ?

— Ben, faudrait peut-être que je me remette à faire
quelque chose. Ça me ferait pas de tort.

— Tu pourrais te mettre au jogging, ça se fait partout, ça coûte rien. Pis c'est la mode. »

Je déteste la mode.

4

Où je mesure le prix des mots.

« Comment vous vous sentez ? »

Claudine m'avait sermonnée plusieurs fois avant mon premier rendez-vous : « Faut que tu sois ouverte, que tu sois prête à te livrer, à être confrontée, tu peux sacrer, pleurer, tu peux te garrocher à terre pour hurler, faut que tu parles, tu comprends ? Ça va être dur, tu vas avoir l'impression de tourner en rond par bouts, mais c'est normal, plus t'approches du nœud, plus c'est dur. Cette femme-là va t'aider si tu t'aides, juste si tu t'aides, c'est pas une femme de ménage, sa job, c'est pas de te torcher l'intérieur pour te *shiner* l'*ego*, tu vas affronter tes pires démons pis ça va faire mal… » J'étais arrivée là complètement survoltée, disposée à déballer les vicissitudes de mon âme sur le divan de cette parfaite inconnue bardée de diplômes. J'étais à ce point électrisée que sa ressemblance avec l'avocate de Gomeshi ne m'a même pas dégonflée.

« Comme de la marde.

— C'est imagé.

— C'est le premier mot qui m'est venu.

— Pourquoi, d'après vous ?

— Parce que c'est comme ça que je me sens.

— Est-ce que vous avez souvent cette impres…

— Est-ce qu'on peut se tutoyer?»

C'est une question qu'on s'habitue à poser en vieillissant. Les occasions de le faire se multiplient à une vitesse effarante. On me vouvoie sans hésiter depuis si longtemps que je sursaute chaque fois que la jeune caissière de l'épicerie me demande «Veux-tu un sac?» Si je ne les teignais pas, mes cheveux seraient blancs, entièrement blancs. Ils sont apparus si soudainement que j'aurais pu faire une course avec Marie-Antoinette.

«C'est une expression que t'emploies souvent pour parler de toi?

— Non.

— C'est un sentiment que t'éprouves seulement depuis ta séparation?

— Je pense, oui.

— Pourquoi, d'après toi?»

Passage du premier nœud. Sensation d'avaler des biscuits soda, sans eau.

«Parce que mon mari a arrêté de m'aimer.

— T'as l'impression d'être une moins bonne personne maintenant?

— Peut-être… oui.

— Qu'est-ce qu'y a changé, d'après toi?

— Ouf! Plein d'affaires!

— Comme quoi?

— Ben… je me sens moche.

— Dans quel sens?

— Dans tous les sens.

— Physiquement?

— Entre autres.

— Peux-tu m'expliquer un peu ?

— C'est dur à dire… en mots…

— Qu'est-ce que tu vois quand tu te regardes ? »

Pour être bien certaine d'en avoir pour mon argent, j'avais discrètement démarré le chronomètre de ma montre et m'étais promis de parler vite, de répondre promptement. Nous n'avions pas encore franchi le cap de la septième minute que les mots ralentissaient dans ma gorge, comme des larves engourdies. J'étais entrée là avec la certitude de ne pas craquer ; ça ne se passerait probablement pas comme prévu.

« De la chair molle, blême.

— C'est nouveau ?

— Non ! Ben non…

— Qu'est-ce qui est différent, maintenant ?

— Je me vois mieux.

— Mieux ?

— J'arrive à voir les détails, ce que je voyais pas avant, ce qui me dérangeait pas : j'ai épaissi de partout avec le temps, j'ai la patte lourde, mon ventre est flasque, strié de vergetures, mon ça-suffit qui pendouille…

— Le quoi ?

— Le ça-suffit, la boule de chair qui bouge quand tu lèves le bras pour dire : "Ça suffit !" »

Elle a levé et plié le bras pour voir où elle en était, question affaissement du triceps. Ça manquait de tact, elle savait très bien que ça ne bougerait pas.

« Tu t'acceptais comme ça, avant ?

— Je pense. En tout cas, je trouvais ça normal de prendre du poids, de changer de forme, comme tout le monde.

— Mais plus maintenant?

— Non.

— À quoi c'est dû?

— Je viens de me rendre compte que je l'ai un peu échappé.

— Échappé?

— Comme dans « laisser-aller ».

— Penses-tu que le fait que Jacques a choisi une femme plus jeune peut jouer?

— Beaucoup plus jeune.

— Oui, beaucoup plus jeune.

— Bof… peut-être.

— Si Jacques s'était retrouvé avec une femme de cinquante ans qui aurait eu tes « défauts », appelons-les comme ça pour l'instant, penses-tu que tu serais aussi sévère avec toi? »

Je n'en avais que quarante-huit, son arrondissement à la dizaine supérieure me volait deux précieuses années que je ne laisserais pas aller sans me battre. Décidément, la diplomatie n'était pas dans ses cordes.

« Je pense que ça m'inquiéterait plus.

— Ah oui? Pourquoi?

— Parce que ce serait vraiment moi le problème. Je veux dire moi, ma tête, ce que je suis.

— Alors que là…

— Alors que là c'est peut-être juste une histoire de baise.

— Vous en avez parlé, Jacques et toi?

— De quoi?

— Des raisons qui ont motivé son choix.

— Oui, ben oui, c'est sûr.

— Et?

— C'est pas simple…

— Est-ce qu'il était insatisfait sexuellement?

— Non, je pense pas. Mais ça prend pas la tête à Papineau pour comprendre ce qu'un gars de son âge fait avec une fille de trente ans.

— C'était quoi, ses raisons?

— Je vois pas pourquoi on parle de lui, je consulte pour moi.

— On essaie juste de comprendre ce qui s'est tordu dans ton miroir, à toi. »

Si le silence ne m'avait pas coûté si cher, je l'aurais laissé filer. Longtemps. Deuxième nœud, treizième minute. Un nœud coulant sur ma gorge.

« Il m'a dit… que… qu'il…

— Hum. »

Je n'avais pas le choix de hacher la phrase en morceaux pour la faire passer.

« Il t'a dit qu'il…

— Voulait…

— Hum…

— Être…

— Il t'a dit qu'il voulait être… »

Elle cherchait dans mes yeux l'abcès à crever. Il s'était formé quelque part dans mon esprit et menaçait de l'infecter, irrémédiablement. Cette femme-là le savait. Elle n'y croyait pas, à l'histoire de cul.

« Heureux. »

Jacques voulait être heureux.

Jacques n'était plus heureux avec moi.

Jacques pouvait être heureux avec Elle.

Jacques voulait être avec elle.

Syllogisme de merde.

J'ai passé le reste de la séance à pleurer comme une Madeleine, la face cachée dans mes mains. La gentille docteure m'a tendu, avec une patience toute professionnelle, des mouchoirs épais avec lotion. Je suis sortie de là défigurée, le dessous du nez bien hydraté.

5

Où je dévoile mon sixième orteil.

Je suis née plate. Le gène en cause s'est glissé dans la spirale de mon ADN pendant ma conception. Je ne peux pas danser, incapable que je suis de suivre le rythme de la musique. L'oreille n'est pas en cause – mes parents m'ont fait voir plusieurs médecins quand j'étais jeune –, c'est mon cerveau, le trouble-fête : il détecte tous les sons sans parvenir à leur coordonner des mouvements. Contrairement à ceux qui décodent le rythme, je suis condamnée, moi, à le deviner. Chaque pied que je pose en dansant est une tentative d'attraper la cadence. Je n'y arrive que par hasard, et encore, que très rarement. Je suis officiellement une « pas-de-*beat* ». C'est un handicap qui ne se voit pas, malheureusement. J'aurais préféré un sixième orteil : il existe des interventions chirurgicales pour s'en défaire.

Petite, c'était amusant. Je me fondais dans la masse des enfants qui gesticulaient n'importe comment. Mes passages sur le *dance floor* épataient la galerie. Les gens riaient en se tenant le ventre ou en se cachant la bouche, ma mère m'encourageait en tapant des mains, tout le monde était heureux. Moi la première. Je donnais toujours le meilleur de moi-même et on me le rendait bien. Ça me manque, l'innocence.

Les choses se sont gâtées un peu plus tard, quand ma mère, qui voyait en mon décalage rythmique une marque incontestable d'un certain talent artistique, m'a inscrite dans la classe d'initiation de ballet jazz de la réputée maison Lapierre. Après quelques semaines d'exaspération non dissimulée, que je ne comprenais pas, le professeur avait expliqué à ma mère qu'il ne valait pas la peine de s'acharner. L'expression « pas-de-*beat* » est entrée ce jour-là dans notre vie. Ma mère lui a répondu que c'était de toute façon bien cher payé pour apprendre à faire « des singeries débiles que n'importe quel enfant de cinq ans peut faire tout seul ». Il m'arrivait d'aimer profondément ma mère.

Dans les sous-sols des amies, au seuil de l'adolescence, on inventait pour moi des rôles spéciaux, souvent fixes, qui servaient de soutien à la chorégraphie des autres ; je servais de pivot pour celles qui tournoyaient, de poteau pour les arabesques, d'assise pour les pyramides et même de mur, au besoin, pour celles qui ne tenaient pas très bien sur leurs mains. On ne m'aurait pas traitée autrement si je n'avais eu qu'une jambe. J'avais des amies généreuses qui me protégeaient du ridicule.

Quand l'époque des fêtes de sous-sols d'église a commencé, je me suis trouvé un talent pour donner l'impression d'être constamment sur la piste de danse sans y être vraiment : j'allais d'une amie à l'autre, me trouvant toujours un secret à marmonner dans l'oreille de l'une ou de l'autre, suivant celles qui allaient aux toilettes, au stand à cochonneries, et même celles qui sortaient fumer en cachette. Quand la piste était si bondée qu'on n'arrivait plus à bouger, je me risquais à esquisser quelques mouvements vite noyés dans le chaos des membres qui s'entrechoquaient. Le reste du temps, je me défilais en encaissant les « ah ! t'es plate » comme d'autres, les « grosse torche » ou « face de pizza ». L'acné et le « pas-de-*beat* », même combat.

La folie U2 m'a offert certains des plus beaux moments de ma vie. Danser était fabuleusement simple : il suffisait de joindre les pieds et de les tenir collés au sol pour induire au corps un mouvement d'algue marine bercée par le courant, les yeux fermés. Les bras planaient autour du corps, dans cette atmosphère liquide qui noyait complètement mon manque de rythme. Certains soirs, on ne mettait rien d'autre que du U2. C'était le nirvana. On finissait par entrer dans une transe quasi hypnotique. Encore aujourd'hui, je deviens toute chose dès les premières notes de *Sunday Bloody Sunday*. Les dimanches ont gardé pour moi cette couleur.

À l'université, la bière pas chère et le temps qu'on passait en file indienne pour s'en procurer m'ont offert de nombreuses échappatoires. Je m'étais autoproclamée reine du ravitaillement et passais le plus clair de mon temps en allers-retours entre le bar et le point de ralliement officiel de la soirée (généralement constitué d'un tas de sacoches dans un coin). Je connaissais les serveurs. Mes amies, les DJ. La meilleure musique coulait à flots dans nos corps enivrés et nos esprits survoltés. C'est là, m'extasiant devant le nouvel ouvre-bouteille bricolé par les étudiants de génie mécanique, que j'ai rencontré

Jacques. Comme moi, il s'était penché sur l'instrument qui permettait de décapsuler six bouteilles à la fois, directement dans la caisse de bière. L'ingéniosité au service de nos gorges assoiffées. Ces gars-là avaient le sens des priorités. Je venais de commander cinq bières. Lui, six. Il m'avait quand même offert son aide.

« T'en as déjà six !

— Je peux en prendre dix.

— Dix ?

— Un doigt par bière. De même. »

Il avait plongé ses doigts dans les verres en plastique, perçant les collets de mousse sans s'embarrasser d'y mettre toute la crasse que ses mains devaient avoir accumulée depuis leur dernier lavage. Je pensais sueur, gras de cheveux, crottes de nez, bactéries transportées par l'argent, les clés, les mains serrées, etc.

« Comme ça, je les échappe pas.

— C'est pratique.

— T'es toute seule ?

— Non, avec des amies.

— Où ?

— Notre *spot* est au fond, là-bas. »

Je lui avais pointé le fond de la salle, par-dessus le tas des corps qui sautaient au rythme des « *Jump ! Jump ! Jump !* » hurlés par les caisses de sons qui ne passeraient pas la soirée. Jacques avait exhibé ses belles dents blanches bien droites. Un gars de bonne famille.

« J'ai une idée.

— Quoi ?

— On fait notre livraison pis on se rejoint dehors, à l'entrée B.

— Pour fumer?

— Prendre l'air.

— Tu veux pas danser?

— Non, je danse comme un pied. »

Cette franche affirmation, en apparence anodine, allait être déterminante pour le reste de ma vie : Jacques était, comme moi, un « pas-de-*beat* ». En le voyant bouger n'importe comment, en défiant prodigieusement le rythme, je me suis sentie comme le naufragé qui voit débarquer la civilisation sur son île perdue. Je suis d'abord tombée amoureuse de ce gars-là pour ce qu'il n'avait pas. Toutes ses belles qualités ont vécu un moment dans l'ombre de cette absence, qui me le rendait si précieux. Si j'avais eu la foi, j'aurais cru qu'Il me l'avait envoyé pour se faire pardonner de m'avoir oubliée dans sa distribution du *beat*.

Nous avons passé notre première soirée en embrassades enflammées, comme tous les foudroyés de l'amour, à boire notre air dans la bouche de l'autre, à essayer d'encastrer nos corps l'un dans l'autre. S'il m'avait dit à ce moment-là qu'il n'aimait pas *frencher*, je ne l'aurais pas cru. Plus tard, il m'est arrivé de penser que les *frenchs*, comme les ovules, venaient en nombre limité ; une fois la réserve à sec, il fallait apprendre à s'en passer. Les nuits sont devenues des peaux de chagrin. J'allais devoir attendre d'avoir des enfants pour connaître une telle fatigue. On s'est aimés comme personne, évidemment. On s'est mariés pour toujours, comme tout le monde.

En mathématiques, deux négatifs donnent un positif ; en biologie, rien n'est aussi clair. À la naissance d'Alexandre, j'ai donc déployé un arsenal de moyens pour que son cerveau crée les synapses nerveuses et neuromusculaires nécessaires à la gestion du rythme. J'ai acheté un métronome pour lui apprendre à taper des mains, des DVD de comptines, de chansons et de danse pour que son univers sonore soit constamment stimulé. Je l'ai inscrit, dès ses dix-huit mois, à une session d'éveil musical parent-enfant qui proposait de « développer la musique intérieure du corps chez l'enfant ». J'ai enduré une grosse demi-douzaine de séances d'humiliation avant d'abandonner le cours et de m'en remettre aux disques pour stimuler l'hormone du *beat*. La « thérapeute » avait décidé que je ne sortirais pas de ses ateliers sans avoir « dompté la cacophonie » en moi – je vous épargne le charabia psycho n'importe quoi par lequel elle soutenait son approche. Ce n'était pas la première fois qu'on essayait de me guérir, mais sa méthode frôlait l'agression : elle m'attrapait par les épaules pour me forcer à bouger avec elle ou tapait des mains très près de mes oreilles pour que mon corps « se réveille ». Je suis partie avant de la frapper.

À l'âge de quatre ans, Alexandre a pu suivre des cours de ballet classique (le seul cours offert sans parent). Le verdict est rapidement tombé : il était sauvé, son corps semblait capable d'obéir aux cadences les plus exigeantes.

Quand il nous a déclaré qu'il était homosexuel, à quatorze ans, ma belle-mère y est allée d'un raisonnement simpliste, l'une de ses spécialités : « J'espère que tu n'es pas étonnée, avec tous les cours de danse que tu lui a fait suivre. » Je ne sais encore pas aujourd'hui comment j'ai pu me contenir. Dans les jours qui ont suivi, j'ai calmé ma rage en me jouant mentalement des scènes où je lui crevais les yeux, lui pétais le nez ou lui donnais un superbe coup de pied dans le ventre pour lui défoncer les intestins. C'est violent ? Beaucoup moins que de croire que l'homosexualité est une tare.

Charlotte et Antoine sont des rythmés tout à fait normaux. J'ai beaucoup de respect pour les mathématiques.

6

Où Jean-Paul devient mon petit tremplin.

Les idées puériles de Claudine avaient fini par germer jusqu'à se transformer en une sorte de jeu de rôle qui m'occupait l'esprit. Son plan fonctionnait. J'avais même échafaudé une série de scénarios fabuleusement gnagna, dignes des plus mauvais soaps, où je finissais par embrasser Ji-Pi :

a) Par pur hasard, je me retrouvais avec Jean-Paul dans le local des photocopieurs, je fermais la porte et l'embrassais sans rencontrer aucune résistance.

b) L'ascenseur tombait en panne – nous n'étions que tous les deux, évidemment –, il s'approchait de moi par réflexe de protection et finissait, sans transition, par m'embrasser, ce à quoi je ne m'opposais pas.

c) Je prenais l'escalier pour faire un peu de sport, avant d'aller m'asseoir pour la journée, et je l'y rencontrais – pur hasard qu'il se mette au sport en même temps que moi ! –, ce qui se terminait inévitablement par un gros *french* impromptu.

d) Etc.

Ma banque de scénarios comptait aussi quelques catastrophes qui arrivaient presque à m'émouvoir :

a) Nous devions évacuer l'immeuble à cause d'un appel à la bombe et, dans la panique de l'évacuation, nous nous retrouvions isolés à quelques rues du bureau, enlacés, collés par la bouche, afin de mieux survivre à la haine du monde.

b) La panne d'électricité classique, la noirceur, la peur, la moiteur, des hasards bien faits, des mains, des bouches mêlées, dans cet ordre ou dans le désordre.

c) Je m'évanouissais dans le couloir qui mène à la salle de conférences et Ji-Pi, dans un élan d'héroïsme olympique, m'attrapait juste avant que ma tête ne se fracasse sur le béton du bâtiment certifié LEED (m'évitant du coup un éclatement de cervelle et un difficile lavage de dalle de béton). Il était si heureux de me voir revenir à la vie qu'il ne pouvait s'empêcher de m'embrasser goulûment.

d) Etc.

D'autres fois, je poussais la catastrophe jusqu'à des sommets d'invraisemblance qu'on me pardonnera de ne pas reproduire ici. Dans le meilleur de ces pires cas, nous étions les deux seuls survivants de l'anéantissement de la Terre et nous nous embrassions pour nous soustraire à l'angoissante attente de notre inéluctable fin. Bref, le monde allait mal, mais moi, je *frenchais*.

Dans la réalité, Ji-Pi travaillait au service des finances, au quatrième étage, et moi, aux ressources matérielles, un étage plus haut. Les chances d'être réunis, seuls, dans un ascenseur ou un boisé environnant en feu étaient à peu près nulles. J'allais peut-être devoir m'aider un peu.

Je me suis donc mise à multiplier les allées et venues entre le rez-de-chaussée et le cinquième pour, statistiquement parlant, augmenter mes chances de le croiser. Fallait bien commencer quelque part, se rendre au petit tremplin. Je prenais les escaliers pour descendre, l'ascenseur pour monter – je ne tenais pas à tout gâcher en suant –, prétextant un changement de rythme de vie pour expliquer la multiplication de mes marches santé pendant les pauses et l'heure du dîner. Dans ma situation, tout le monde comprenait ce besoin de nouveauté. J'allais plus souvent que nécessaire faire des vérifications d'usage au quatrième (en réalité, j'allais aux toilettes faire semblant de me moucher). Évidemment, j'oubliais souvent ceci, cela, ce qui me donnait encore quelques occasions de forcer le hasard qui, j'étais bien obligée de le reconnaître, était plus coopératif dans mes rêves que dans la réalité.

Quand je me retrouvais avec Ji-Pi et tout un tas de chaperons dans l'ascenseur, je le regardais intensément pour lui faire des suggestions mentales ; elles traversent beaucoup mieux la boîte crânienne quand on est en présence de la personne, dit-on. Je fixais donc sa tête avec insistance et lui donnais l'ordre suivant, très simple, très clair : « Embrasse-moi. » Mais il ne m'entendait pas. Les gens sortaient de l'ascenseur comme ils y étaient entrés, saluant poliment de la tête avant de fixer le tableau de commande qui s'allumait par intermittence. Plus je le regardais, plus je le trouvais beau, et plus il me semblait invraisemblable qu'on en vienne un jour à coller nos bouches.

«Mais c'est n'importe quoi, ça! C'est du vaudou, ton affaire. Y faut que tu fasses quelque chose pour vrai, que t'ailles le voir, que tu y paies un café, tu pourras jamais l'embrasser si tu l'approches pas. Voyons, des suggestions mentales! Dis-moi pas que t'as lu ça dans *Le secret*, je t'étripe.

— C'était dans une revue.

— Donne-moi pas le titre. Bon, viens me voir tantôt, tu me feras une petite commission.»

Naïvement, après la pause, je suis retournée voir Claudine qui a dit bien fort, pour que tout le monde l'entende: «Ah! Diane, tu descends à la comptabilité? Pourrais-tu donner ça à Ji-Pi pour moi, s'il te plaît?»

Après avoir pris les deux dossiers déjà classés qu'elle me tendait, je me suis rendue au quatrième et j'ai marché d'un pas décidé jusqu'au bureau de Jean-Paul. Comme la porte était ouverte, je suis entrée. Des piles de dossiers bien rangés attendaient des mains bienveillantes à côté d'un verre en faux cristal plein de crayons tous semblables: des Pilot Hi-Tecpoint V7 Grip (j'ai fait une minigrimace, je déteste les grosses mines). Quelques pouces plus loin, un petit berger en porcelaine, souriant comme si les loups n'existaient pas, surveillait ses moutons imaginaires. Pas de photo, seulement un lys de la paix apparemment très heureux d'être là. Ce qui ne veut rien dire, les lys de la paix sont heureux partout. Sa secrétaire s'est empressée de m'accueillir.

«Allô, Diane!

— Ah! Allô, Josy!

— Tu cherches Jean-Paul?»

À l'exception de sa secrétaire, personne ne l'appelait Jean-Paul, question de hiérarchie peut-être. Lui-même ne se présentait que sous le nom de Ji-Pi. Depuis le télé-roman *Les dames de cœur*, Jean-Paul était un nom un peu moins populaire.

«Euh… oui.

— T'as des dossiers pour lui?

— Euh… non, mais oui, en fait, c'est Claudine qui m'a chargée de lui donner ça, j'aimerais mieux les lui remettre moi-même.

— Inquiète-toi pas, je vais les lui donner. Y devrait pas tarder.

— Y est parti où?

— Prendre un café au deuxième, y se sont payé une machine expresso.

— Oh *wow*!

— Ça boit pas du café comme tout le monde, la gang de la traduction.

— Je vais m'arranger pour le trouver là-bas. J'ai des petites choses à lui expliquer.

— C'est beau ce que tu portes.

— Oh! Merci… c'est gentil.»

Si j'avais été aveugle, j'aurais peut-être pu lui retourner le compliment. Quand je l'ai vue se diriger vers son bureau sur ses échasses de quatre pouces, d'un blanc lumineux, j'ai ressenti pour elle une forme de pitié. Elle m'a saluée en bougeant ses doigts sertis de faux ongles blancs, sanglés de bagues aux perles blanches parfaitement assorties aux boucles d'oreilles, bracelets, peigne décoratif et ombre à paupières blancs, comme son tailleur. Depuis son arrivée dans la boîte, elle traînait une réputation de fouine qu'elle honorait de belle façon chaque fois que l'occasion se présentait. Si j'avais eu une telle secrétaire, j'aurais probablement, moi aussi, poussé mes explorations du territoire jusqu'à trouver, sur un étage éloigné, une machine à café.

Je suis passée par les escaliers, le temps de retrouver mon courage. En arrivant au deuxième étage, j'ai vu Ji-Pi qui entrait dans l'ascenseur avec sa foulée énergique d'homme splendidement en forme. Je me suis précipitée pour le rejoindre, mais la porte s'est refermée au moment où je disais «Jiii-Piiii!» C'est sorti comme ça, ridiculement étiré. Je suis restée là, mes documents bidon à la main. La porte s'est presque aussitôt rouverte sur un Ji-Pi tout sourire, curieux de savoir ce que je lui voulais tant.

«Ah… euh… tiens, c'est Claudine qui m'a demandé de te remettre ça. C'est parce que j'avais affaire au quatrième, fait que… je passais par là…

— Mais t'es venue jusqu'au deuxième, ça doit être important?

— Non non, c'est à cause de la machine à café.

— C'est quoi, ces dossiers-là?

— Euh… aucune idée.

— Ah bon… hum hum… me semble les avoir déjà approuvés la semaine passée…

— Elle s'est peut-être trompée.

— Oui. Bizarre, quand même. Tu montes?

— Euh… oui.

— Tu voulais pas un café?

— Ah! Oui, nounoune, j'oubliais.

— OK. Merci pour les dossiers, je vais les revoir tout de suite, y doit y avoir quelque chose qui marche pas.

— Oui…

— Bonne journée !

— Oui... »

Fermeture feutrée de porte sur nounoune déconfite. J'ai laissé tomber le café et j'ai repris l'escalier, au petit trot, pour pouvoir digérer ma déconvenue en paix.

Je suis entrée dans le bureau de Claudine et me suis affalée dans la chaise des plaintes. C'est la chaise la plus usée de tout l'édifice.

« C'est n'importe quoi, ton histoire de *frenchage*. J'ai eu l'air conne, je m'haïs, pis Ji-Pi, franchement...

— Ji-Pi est un excellent petit tremplin.

— Y est ben trop beau.

— Y est indépendant, tête un peu forte, l'air trop solide pour l'être vraiment, c't'un parfait candidat pour le *frenchage*.

— Pis y a une femme, ou mieux, une blonde !

— Mais tu t'en fous ! Tant mieux, même. Tu veux pas le marier, tu veux même pas coucher avec, tu veux juste le *frencher*. Après ça, qu'y retourne à sa vie.

— Tu veux que je me venge de Jacques ?

— Pantoute. C'est pas de la vengeance, c'est de l'égoïsme pur. En ce moment, faut que tu penses à toi, pis toi, t'as besoin de deux choses : faire passer le temps pis retrouver un peu de confiance en toi.

— *Oh boy !* Grosse réussite !

— Ça fait combien de jours que tu passes tes temps libres à rêver à Ji-Pi ?

— Pantoute.

— Fais-moi pas accroire que ça t'a pas divertie un peu.

— À peine.

— Pis fais-moi pas accroire que tu te forces pas un peu plus le matin quand tu t'habilles.

— Un peu.

— Voilà. Ça sert à ça, les projets de *frenchage*. C'est inoffensif comme une tasse d'eau chaude au citron, mais ça fait du bien. Ça fait des mois que je t'ai pas vue en forme de même.»

Quand je suis revenue à mon bureau, j'avais un message de Jean-Paul Boisvert sur mon répondeur. J'ai secoué la tête comme un hochet: Ji-Pi m'avait appelée, moi. Le Tom Brady du département de la comptabilité avait composé MON numéro de poste.

«... écoute Diane... eee... si tu peux passer me voir quand t'auras une minute. Rien de pressant ni d'important. Quand t'auras une minute.»

«De même, c'est tout?

— Ben oui.

— Quin! Madame, j'ai eu l'air conne...

— Mais là, qu'est-ce que je fais?

— J'imagine que c'est pas une vraie question.

— Mais je vais avoir l'air conne!

— C'est sûr, mais tu vas y aller quand même.

— Garde-moi le siège des plaintes bien au chaud, je reviens.»

La porte de son bureau était fermée – rempart contre les risques d'éblouissement spontané. Après l'avoir averti au téléphone, Josy a tenu à m'ouvrir elle-même, comme un majordome un peu zélé, avec un mouvement de bras à la *The Price Is Right*. Ji-Pi était concentré sur son écran, les sourcils froncés, plus beau que jamais. La contrariété l'embellissait, lui donnait cette touche de sagesse qui

AUTOPSIE D'UNE FEMME PLATE

manque aux hommes des revues. Ses cheveux étaient si drus qu'ils ne devaient pas laisser passer une main, même une fine main de femme. Ceux de Jacques avaient déserté doucement le navire jusqu'à ne lui laisser qu'une couronne de prêtre autour de la tête. Mais puisque les rides enjolivent le visage de l'homme, un simple rasage du caillou avait suffi à lui soustraire une bonne dizaine d'années et à le faire entrer dans la clique des hommes mûrs qui portent bien le coco. Il m'était quelquefois arrivé de sentir que j'étais victime d'un pernicieux transfert dans ce foutu mariage : je prenais en double les années qui passaient, les miennes et les siennes.

« Oh ! Bonjour, Diane. Merci, Josy. Tu peux refermer derrière toi.

— Veux-tu que je prenne les appels pour que vous ne soyez pas dérangés ?

— Non non, tu me les passeras, pas de problème.

— Ah ! C'est un rendez-vous informel ?

— Non, professionnel. Merci, Josy. »

Une fois la porte refermée, Ji-Pi a roulé sa chaise jusqu'à moi, de l'autre côté du bureau, et s'est mis à me parler sur le ton de la confidence : « Écoute, Diane, ça me met un peu mal à l'aise de te demander ça, en fait, c'est même franchement gênant, mais j'ai pas pu m'empêcher de remarquer tantôt... »

Les autres mots, sur le coup, je ne les ai pas entendus. J'ai bien vu que sa bouche remuait en suivant ses mains, mais ce qu'il m'a dit m'a complètement échappé, pendant de longues secondes. Silence radio. Ses mains, sa bouche, qu'il avait belles, m'hypnotisaient. C'est tout ce dont j'avais besoin. Qu'il s'en serve pour faire autre chose que m'embrasser ne me faisait pas de peine. Quand ses lèvres ont cessé de bouger, il a doucement posé ses mains sur le bureau en écarquillant les yeux pour me signifier que c'était à mon tour de parler.

«Euh…

— Excuse-moi. Je pense que c'est indiscret. Je suis désolé.

— Non! Non non. J'ai… euh… j'ai… J'ai juste pas entendu. J'ai pas entendu ce que t'as dit.

— Ah?

— J'étais dans la lune. Excuse-moi.»

Avoir l'air conne, c'est ce que je disais.

«OK. Euh… je te demandais où t'as acheté les bottes que tu portes, je les trouve belles pis c'est bientôt l'anniversaire de ma femme…

— T'es marié?

— Oui.

— Ah. C'est drôle, je t'imaginais pas marié. C'est plus rare, votre génération.

— Euh… je pense qu'on a… à peu près le même âge.

— Ah oui? T'as quel âge?

— Quarante-quatre.

— Nan!

— Oui.

— Ben non!

— Ben oui.

— Ça se peut pas!»

Il en faisait à peine trente-cinq. Je l'aurais frappé, lui et ses jolies pattes-d'oie. Derrière lui, par-delà la vitre de la grande baie mal lavée se dessinait une partie des plaines d'Abraham, chargées de leur beauté historique, piétinées par une faune bigarrée venue se jouer une petite scène campagnarde avant de retourner à sa cage en béton armé. En me défenestrant en pensée, sans cligner des yeux, j'ai presque réussi à sentir l'herbe sous mes pieds. J'ai soudainement eu très envie de courir.

« Elle chausse du combien, ta femme ?

— Du huit.

— Ça tombe bien. »

Je me suis levée et, en m'appuyant sur le coin de son bureau, j'ai retiré mes bottes avant de les lui laisser sur la pile de dossiers bien rangés qui attendait devant lui. Il a bien essayé de m'arrêter, de me convaincre de les reprendre, mais je lui ai assuré qu'elles étaient neuves, qu'il n'en trouverait nulle part et qu'elles me nuisaient.

« Mais je veux pas tes bottes, c'est super généreux, mais je les veux pas, je voulais juste savoir où tu les avais prises, c'est complètement insensé, je peux pas les prendre, voyons donc, Diane, voyons, tu peux pas partir de même…

— Tu viens de me faire réaliser quelque chose : je veux qu'on regarde mes yeux finalement, pas mes pieds.

— OK, je t'ai choquée, je m'excuse, tes bottes sont belles, c'est juste que là… »

Je lui ai tourné le dos, j'ai ouvert la porte – pas de Josy, super ! – et couru en pieds de bas dans les couloirs du quatrième, dans les escaliers de béton glacial et dans tous les couloirs du cinquième. J'ai couru les bras à angle droit comme Wonder Woman. J'étais chargée à bloc, comme au son de la cloche quand j'étais au primaire. Ça me faisait un bien fou, tout paraissait moins lourd, moins bureaucratique, moins assommant. À ceux que je croisais sur mon chemin, je faisais le signe du diable pour leur faire comprendre qu'il n'y avait pas lieu de s'inquiéter, que je traversais seulement un moment de folie passagère. Ils pouvaient retourner crever d'ennui sur leurs formulaires, moi, j'avais besoin de courir. Et je courais. Dans ma tête, j'étais Lola, Forest, Alexis le Trotteur. J'ai atterri sur la porte close de la salle de conférences, le souffle court, les dessous de bras noircis par la sueur, les bas brunis par la crasse.

Claudine est venue me trouver, catastrophée. Je lui ai souri de toutes mes dents devenues beiges à force d'ingurgiter des milliers de litres de café et de vin rouge. J'allais bien, ça se voyait.

« Tu devrais vraiment essayer ça, c'est tripant ! »

Et je suis repartie dans les escaliers en riant comme une fille pas de bottes, pas de raison, pas de mari.

J'ai demandé au chauffeur de taxi de me conduire au magasin de course à pied le plus près. Ça se voyait de partout que j'avais besoin de souliers.

■

Quand j'ai débarqué dans la boutique de sport en pieds de bas archisales, les deux jeunes vendeurs se sont dirigés vers moi armés de leurs sourcils inquiets. Ça pouvait se comprendre : dans l'état où j'étais, je devais ressembler à une clocharde venue quêter quelque chose à se mettre dans les pieds. L'un d'eux m'a tout de même souri. La vue de mon sac à main en cuir italien a dû le rassurer.

« Je voudrais me mettre à la course.

— Vous avez perdu vos souliers, madame ?

— Non non, je les ai donnés à quelqu'un qui en avait besoin.

— Bon, on va arranger ça. »

Il m'a montré ses belles dents blanches de gars qui ne devait pas boire de café et nous nous sommes dirigés vers le fond de la boutique où des centaines d'espadrilles aux couleurs éclatantes formaient une étourdissante mosaïque d'ingéniosités techniques et futuristes. Je me suis assise sur un banc pour m'empêcher d'avoir le tournis.

J'ai jeté mes bas pour mettre ceux que le gentil « Karim à votre service » m'a tendus. Des bas que tous les *wannabees* coureurs enfilaient pour faire des essayages, des bas hypothétiquement pleins de champignons, comme aurait dit Jacques qui avait une peur irrationnelle des maladies de pieds. Je les ai enfilés avec bonheur. Ça me plaisait de vivre dangereusement.

« Venez avec moi, on va aller faire un essai de course.

— Un essai de course ?

— Faut que je vous regarde courir pour savoir ce que ça vous prend comme chaussure.

— Mais je veux juste des chaussures de course ordinaires.

— Oui, mais faut que je connaisse votre foulée si vous voulez une chaussure adaptée, sinon vous pourriez vous faire mal.

— Oh ! C'est sérieux ! »

J'ai donc pris place sur le tapis de course intérieur et j'ai fait quelques allers-retours sous les yeux attentifs d'un jeune homme accroupi pour mieux évaluer ma foulée, ce qui le condamnait du coup à voir l'attirail de chair molle qui surmontait mes pieds. C'était une journée d'autosabotage, je pouvais en prendre. Et je faisais ainsi œuvre de bonté : il trouverait sa blonde plus belle que jamais en la retrouvant le soir. Sa blonde, son *chum*, peu importe.

J'ai finalement appris que je souffre d'une pronation assez marquée, appelée surpronation ; j'étais venue m'acheter des souliers de course, je repartais avec un diagnostic médical. Et sur les centaines de chaussures exposées, il n'y en avait donc que trois paires possibles pour moi. Toutes trois d'une inouïe laideur, mélanges inélégants de couleur fluo et de lignes suggérant l'aérodynamisme. Le retour de la mode des années quatre-vingt est l'une de mes hantises, c'est presque une phobie ; c'est dire le plaisir que j'ai eu à faire un choix.

J'ai aussi été forcée de renoncer à mon habituelle fierté pour l'achat des vêtements.

« Est-ce que ça va pour la taille du soutien-gorge, madame ?

— Ben… je pense que oui, j'ai la poitrine un peu comprimée…

— C'est normal, ça écrase un peu les seins, c'est pour le soutien. »

Mes seins n'étaient pas comprimés, ils formaient une galette plate complètement informe ; j'aurais très bien pu avoir trois ou quatre seins, on ne l'aurait pas su. Mes mamelons ne pourraient jamais pointer, même par grand froid, à moins de s'essayer par le dos.

« Sautez sur place, madame, c'est comme ça qu'on va savoir si le maintien est bon. »

Au point où j'en étais, pourquoi pas. Les gonds et le loquet de la porte de la cabine d'essayage ont tressailli au rythme de mes sauts, même légers. Le miroir faisait ce qu'il pouvait. J'aurais eu besoin d'un tournevis. Le ridicule n'a pas de limite. J'étais sur le point de me mettre à rire quand j'ai pensé qu'il y avait peut-être une caméra cachée quelque part. Me voir en train de faire ces singeries sur YouTube m'achèverait pour de bon.

Suivant les conseils de Karim, j'ai choisi quelques vêtements adaptés, faits de tissus en microfibres high-tech, dont un caleçon long Shock Absorber, et même des bobettes « scientifiquement éprouvées » pour le confort. Je suis une cible facile pour le marketing sportif : sous le couvert de la science, on peut tout me vendre.

« Ce qui est bien avec ce sous-vêtement-là, madame, c'est qu'il a des mailles d'insertion de ventilation antimicrobienne aux endroits stratégiques. »

En clair, me disait-il en me regardant dans les yeux, j'aurais besoin d'un échangeur d'air pour empêcher que ne pullule, dans mon entrejambe et ma craque de fesses, une faune microbienne indésirable.

« Vous pouvez aussi choisir le type de maintien fessier que vous voulez. Regardez ici, on a de tous les types…

— *Oh boy !*

— Je vous conseille pas le string, c'est plus pour des questions de look, les jeunes filles aiment ça…

— Les femmes de mon âge prennent quoi, habituellement ?

— Le soutien Firm-control X-treme. »

J'aurais aimé avoir le courage de lui demander si ce type de bobettes écrasait autant les fesses que le soutien-gorge, les seins, auquel cas je n'aurais littéralement plus eu de craque de fesses à ventiler, mais j'ai eu peur qu'il

ne me demande de sauter sur place pour évaluer le bal-
lottement de ma fesse.

Après avoir ainsi discuté de mes parties les plus
intimes avec un parfait étranger, je suis ressortie de la
boutique allégée de 427 $. J'allais devoir en courir tout un
coup pour ne pas le regretter. Charlotte a raison, courir
ne coûte rien, une fois fait l'investissement de quelques
centaines de dollars.

■

Plus tard, dans mon lit – celui de la chambre d'amis –,
j'ai ri aux larmes en repensant à la tête de Ji-Pi quand il
me tendait désespérément mes bottes, comme s'il tenait
une patate chaude. J'ai ensuite ouvert mon ordinateur
pour me commander une nouveauté *made in Italy* un
peu moins tape-à-l'œil. Il fallait que je donne une chance
à mes yeux.

7

Où je radote des affaires banales.

« Tu lui en veux ?

— Oui, beaucoup. C'est sûr.

— Pourquoi ?

— *Pfff…*

— Peux-tu me le dire quand même ? »

Le rose pâle de son chemisier en soie m'apaisait. J'avais même décidé ce jour-là de ne pas partir mon chronomètre. Il fallait seulement que je sois efficace et que je ne braille pas comme une désespérée.

« Quand on a fait l'amour, la dernière fois, je savais pas que c'était la dernière fois. Pour une femme de mon âge, c'est raide. C'était peut-être la dernière fois de ma vie.

— T'aurais aimé le savoir ?

— Je vois pas comment ç'aurait été possible. "Hé, Diane, *by the way*, on baise pour la dernière fois…"

— Hum.

— Mais lui le savait, c'est sûr qu'y le savait. C'est ça qui me dégoûte.

— Pourquoi ça te dégoûte ?

— Parce que je l'imagine en train de se dire : "Enweille mon Jacques, une petite dernière, fourre ta bonne femme, après ça, tu vas être clair…" »

Ma voix s'est cassée. Le bas de mon visage s'est tordu en une moue tremblante. La douleur n'est jamais tapie bien loin, elle me saute à la gorge chaque fois que je me penche sur elle. Ma psy a planté ses yeux dans les miens sans bouger, sans rien dire. Je l'ai sentie qui s'effaçait, complètement. Si elle n'avait pas eu l'élégance de cette non-réplique, je me serais peut-être arrêtée là. De grosses larmes chaudes traçaient un arc sur mes joues avant de se rejoindre dans mon cou.

« J'aimerais ça comprendre ce que j'ai manqué. Je me demande comment ça arrive, ces histoires-là, comment ça commence. Qui fait quoi. C'est niaiseux, je sais, ça arrive à tellement de monde, c'est tellement ordinaire, ce qui m'arrive, mais je parviens pas à visualiser comment ça s'est passé au début, j'suis pognée dans le flou, je me fais un million de petits scénarios qui tournent en boucle. Y m'a donné une date approximative du début de l'affaire avec cette maudite pétasse, parce que j'ai vraiment insisté, mais ça me dit pas comment ç'a commencé. Ça reste toujours vague. Me semble que ce serait pas compliqué de me le dire, au moins pour me libérer. Quand quelqu'un se fait assassiner, les proches ont le droit de savoir comment ça s'est passé, on leur dit avec quelle arme, à quelle heure, si la personne a souffert ou non, pis si oui, combien de temps, alouette. J'suis sûre que c'est moins pire de tout savoir, autrement on passe son temps à essayer d'imaginer comment ça s'est passé. Mais je le sais, personne est mort… Le premier bec… la première main qui se pose sur l'autre… ça me rend folle. Ça changerait rien, mais ça me donnerait un point de départ pour haïr. Je pourrais me mettre à détester quèque chose de précis, les congrès, le voyage à Boston, le souper au Buonanotte… Là, on dirait que j'ai pas de prise, je pédale dans le vide… Je les imagine dans une de leurs maudites soirées mondaines, cristi que j'étais écœurée de ces soirées-là de *small talk* avec du monde qui parle juste d'argent, je l'imagine qui s'approche, amanchée comme une starlette, avec des grandes boucles d'oreilles scintillantes, du gloss qui part jamais, lumineuse, jeune, pas de rides, pas de poches en dessous des yeux, le petit ventre plat dans sa maudite petite robe, le cul rebondi, pis je vois Jacques la regarder, se dire *oh my god* qu'est belle, là y s'offre pour aller y chercher un verre de blanc, y est galant comme ça se fait pus, leurs mains se touchent, s'éloignent, reviennent, s'effleurent encore… les mains, tout passe par les mains, on pense que c'est les yeux, moi j'suis sûre que c'est les mains… ça prend juste un doigt qui s'attarde… j'ai jamais été jalouse, j'ai jamais vraiment pensé à ça avant, bah, à part une fois, y a longtemps, mais je m'étais fait des idées… les collègues les ont peut-être vus, quand ç'a commencé avec Charlène, mais y s'en foutent, si ça se trouve, ça les amuse, tout le monde fait pareil… y en a des soirées pis des congrès dans une année, pis y en a une gang de beaux trous de cul dans le tas, j'en connais des histoires, une pis une autre, je te le jure, des histoires qui concernent les autres, d'habitude… d'autres fois sont au bureau, j'imagine la main de Jacques qui se pose sur son épaule, à la belle Charlène, "passe me voir à mon bureau, faudrait qu'on jase de tel dossier", pis une fois la porte fermée, y en a un des deux qui s'approche de l'autre… un ou l'autre, ça change rien, c'est lui qui devait nous protéger, c'était à lui de la repousser, c'était sa *job* à lui, pas à elle, à me doit rien, cette fille-là, c'est lui qui devait rendre ça impossible, si y l'a pas fait, c'est comme si c'est lui qui l'avait voulu… Peu importe, j'en reviens au même point, c'est moi le problème, si Jacques est allé vers elle ou si y l'a laissée s'approcher, c'est parce qu'y avait besoin d'autre chose, d'autre chose que moi… je m'étais pas rendu compte qui était pus heureux… »

Elle a penché sa tête *brushignée* de trente degrés en plissant légèrement les yeux.

« Ben oui, y avait beaucoup de meetings qui finissaient tard tout à coup, y repartait des fois au bureau dans la soirée pour aller chercher des dossiers… une fois y est revenu à une heure du matin avec un café de Tim Hortons, *pfff !* Y haït ça, ce café-là… y s'est pris une nouvelle carte de crédit pour "ses dépenses clients"… ç'aurait pu être une aventure, une histoire sans importance, je pense que j'aurais pu le comprendre, à la limite, me semble que j'aurais pu… mais y l'a choisie en fin de compte, c'est ça qui me détruit, y l'a choisie, elle, y a choisi de tout laisser tomber pour elle, y a *flushé* vingt-huit ans de vie pour une nunuche de trente ans, même si y savait qu'y allait me tuer en faisant ça… j'suis tellement naïve, tellement naïve, je pensais que ça m'arriverait jamais, je sais que tout le monde dit ça, mais je le pensais vraiment, j'en étais profondément convaincue…

— Pourquoi ?

— Parce qu'à quèque part, j'ai toujours pensé que les femmes qui vivaient ça le méritaient au moins un peu…

osti de conne… je mérite peut-être ce qui m'arrive au fond… je me pensais au-dessus ça… »

Elle n'écrivait rien. Je radotais probablement les mêmes âneries, les mêmes évidences que toutes les femmes qui déboulaient sur son divan en tenant leurs tripes dans leurs mains. Je ne réinventais pas la douleur, je la vivais. Mes chemins, mes peurs, mes réflexions étaient les mêmes, il n'y avait pas lieu de dépenser de l'encre pour ça, j'étais bien d'accord. *Same thing, same fucking thing.*

« Je croyais que les épreuves nous avaient rendus plus forts, plus solides, plus proches, mais je pense finalement que ça nous a juste usés… c'est peut-être pas bon de trop connaître l'autre, ça nous éloigne peut-être plus que ça nous rapproche… avec le temps, toujours les mêmes vieilles histoires, les mêmes manies, les défauts qui grossissent… je sais que j'y tombais sur les nerfs par bouts… je sais pas ce qui vient en premier, on tombe en amour avec quelqu'un d'autre parce qu'on s'est écœuré de sa femme ou on tombe en amour avant pis on s'écœure après?… l'œuf ou la poule, c'est toujours ça… j'ai honte, c'est bizarre, c'est lui qui me largue, pis c'est moi qui ai honte, j'ai l'impression que le monde me regarde comme si j'avais la peste, je me dis que les gens doivent penser que Jacques avait ses raisons pour me sacrer là, que je devais être plate ou pas endurable, c'est vrai qu'y s'est peut-être forcé à cause des enfants, y a tellement de gens qui restent le temps qu'y deviennent grands… d'ailleurs Charlotte venait juste de partir, c'est probablement pas un hasard… J'ai honte pis je me sens sale, je prends des bains bouillants le soir, pis je me frotte la peau comme s'y fallait que j'en enlève une couche, mais ça part pas… »

En grattant mon bras, j'ai jeté un œil à ma montre: nous avions dépassé l'heure de treize minutes.

« Pauvre toi, tu dois toujours entendre les mêmes histoires…

— Tes plaies à toi sont neuves. Si tu t'étais cassé le bras, ça te ferait pas moins mal parce que des millions de gens se sont cassé un bras avec toi.

— Vu de même. »

8

Où je me remémore
les joies de l'adolescence.

L'impression que j'avais d'être coupable de ce qui m'arrivait me venait en partie de ce que je voyais à l'œuvre chez Claudine : ses filles lui en faisaient baver comme si elle devait racheter le sort de l'humanité entière. Et comme dans bon nombre d'histoires du genre, elle se refusait à salir ou accuser Philippe de quoi que ce soit, alors que lui s'en donnait à cœur joie sur son compte pour justifier son départ, avec toute la mauvaise foi que cela suppose. Pour un peu, il lui aurait fait endosser les changements climatiques.

Dans sa grande sagesse, Claudine s'accrochait à la certitude que les enfants, tôt ou tard, finissent par voir clair dans le jeu des parents et en viennent à s'amender pour leurs traitements injustes à leur égard. En attendant l'arrivée de ce jour béni, ses deux filles la faisaient royalement chier. Et elles n'avaient aucun scrupule à se montrer odieuses en ma présence, comme si j'avais été un meuble. À treize et seize ans, elles me faisaient penser à Nelly, la petite crisse de la série *La petite maison dans la prairie*.

« Sont où, mes leggings ? »

— Le linge est accroché dans la salle de lavage.

— Mes leggings sont-tu là ?

— Va voir.

— *Check* ben, y seront même pas là.

— T'as juste à faire ton lavage toi-même si tu veux être certaine d'avoir tout ce qu'y te faut.

— Fais chier ! »

Elle est repartie en maugréant. Il y a tant de coups de pied au cul qui se perdent, tant et tant.

« Laurie, reviens ici tout de suite !

— J'ai pas le temps, faut que je coure après mon linge.

— VIENS ICI TOUT DE SUITE !

— NON ! J'SUIS ÉCŒURÉE DE TES MAUDITS DISCOURS !

— OUIN ? BEN T'ES PRIVÉE DE SORTIE ! T'AS ENTENDU ? PAS DE SORTIE CE SOIR !

— JE M'EN CÂLISSE ! JE SORS PAREIL !

— SI TU METS LE PIED DEHORS, J'ANNULE TON FORFAIT CELLULAIRE IMMÉDIATEMENT !

— SI TU FAIS ÇA, J'APPELLE PAPA. Y VA TE COUPER TA PENSION ALIMENTAIRE ! C'EST LUI QUI PAIE MON CELL, DE TOUTE FAÇON.

— La petite tabarnac… je vais l'étriper.

La plus jeune venait de se pointer à la cuisine avec son air habituel d'enfant complètement épuisée, désabusée. Elle s'est traîné les pieds jusqu'à la chaise la plus proche où son corps dévitalisé s'est affalé en un grand *splouch* presque liquide. Si ça n'avait été de son horrible chandail bedaine en tissu-kleenex et de ses mèches bleues, on aurait pu croire qu'elle venait de se taper des semaines de marche pour fuir un pays en guerre. Elle a posé sa tête sur ses bras.

« J'ai rien à faire.

— Ben voyons, rien à faire ! Appelle Léa !

— Est chez son père, à l'autre bout du monde.

— Noémie ?

— Bof, ça me tente pas.

— Pourquoi ?

— Sa petite sœur nous lâche pas.

— Dis-y de venir ici d'abord.

— Non, c'est trop poche. »

Chez leur père, il y avait un sous-sol tout équipé, une piscine, un spa, une panoplie inimaginable d'appareils électroniques, des murs écrans pour projeter des films, comme dans *Fahrenheit 451*. Claudine a bu d'un coup son demi-verre de blanc. Ça lui aurait pris quelque chose d'un peu plus fort.

« Pis tout ce qu'on t'a acheté l'autre semaine pour apprendre à dessiner des mangas ?

— J'ai pus le goût.

— Va faire un tour de vélo, y fait beau.

— *Yark !*

— Tu pourrais me refaire un bracelet de l'amitié, j'ai perdu le mien. »

Perdu est une façon de parler. Le dernier qu'Adèle lui avait tissé était dans les tons d'orange et brun, avec une petite ligne vert lime. Une horreur qui avait été accidentellement arrachée.

« Tu pourrais m'en faire un beau, avec des motifs compliqués, noir et rouge.

— C'est bébé gna gna, faire des bracelets.

— Bon, c'est bébé gna gna, astheure… Va faire un tour au parc.

— Tu veux juste que je vous sacre la paix.

— Je veux juste que tu te trouves quelque chose à faire. Que tu vives au lieu de végéter comme un légume.

— Y a rien à faire…

— Ben va te coucher, ça va faire passer le temps, t'as l'air d'être en décomposition, de toute façon.

— Ça me tente pas. »

J'ai fait cul sec avant de tendre mon verre à Claudine pour lui montrer que j'étais avec elle. Quand l'ennemi à abattre est dans ta cuisine, il faut utiliser les moyens du bord pour te défendre.

« C'est drôle, me semble que je m'ennuyais jamais quand j'avais son âge.

— T'es chanceuse…

— Ah! Tiens, j'ai une idée de ce que tu pourrais faire avec Noémie.

— *Pfff…*

— Tu faisais ça, Diane, des coups de téléphone?

— *Hi boy*, mets-en!

— C'est pas compliqué: vous prenez le bottin, pis vous appelez du monde au hasard. Vous leur dites des niaiseries.

— Le bottin?

— Tu cherches dans Internet d'abord, t'appelles du monde que tu connais, ou pas, des gars de l'école, par exemple, pis tu te fais passer pour une autre fille de l'école pis tu dis des niaiseries.

— Nous autres, on envoyait de la pizza chez nos profs.

— C'est vrai, de la pizza!

— C'est ben cave!»

On s'est mises à puiser dans le folklore de nos bonnes idées. Du genre populaire dans l'ancien temps, avant l'avènement du tout-à-l'*ego* qui a complètement révolutionné l'art du divertissement chez les jeunes; s'ils s'amusent aujourd'hui en se faisant voir le plus possible, nos jeux nous commandaient plutôt de tout faire pour qu'on ne nous reconnaisse pas.

«Vous pourriez aller lancer des œufs chez du monde, sur leur toit de cabanon. Sur une toiture noire, ça cuit presque tout de suite.

— Sur des chars, c'est plus drôle.

— Ou des ballounes d'eau au-dessus du viaduc!

— Oh oui!

— C'est super drôle! Quand tu te fais arrêter par la police, tu joues la niaiseuse, tu dis que t'as vu ça dans *Drôles de vidéos*.

— Dans le genre plus mollo, tu peux faire le coup du cinq piasses, bébé gna gna: tu mets un cinq piasses sur le trottoir, attaché avec un fil de pêche, pis tu tires dessus quand le monde essaie de le prendre. Je te donne cinq piasses. Tu vas voir, c'est pissant.

— Ah, ça me fait penser au truc des empreintes.

— Connais pas.

— Non? C'est super drôle. Tu fais pipi dans tes culottes pis tu t'assois sur le trottoir pour faire des empreintes de fesses. Tu te déplaces tant qu'y reste de la pisse.

— Ah! Pas pire! Pis y a toujours le coup classique du sac en papier brun.

— Le coup du sac…

— Tu fais caca dans un sac en papier, tu le mets sur le perron de quelqu'un que t'aimes pas, quelqu'un qui te fait chier, sauf chez nous, même si je te fais chier, pis juste avant de sonner, tu mets le feu au sac, comme ça celui qui répond essaie de l'éteindre en sautant dessus, pis y a du caca partout!

— Le problème, c'est qu'y faut avoir envie de caca.

— C'est le hic, en effet.

— Avec du gros *tape* noir et blanc, on trafiquait des panneaux de signalisation, on changeait des noms de rue, la rue «Petit» devenait juste «Pet», on transformait les grosses flèches de sens unique en gros pénis. Faut juste arrondir le bout des flèches pour faire le prépuce.

— OK, vous êtes malades mentales.

— Mais attends, on a plein d'autres idées! Les grenouilles! Faire fumer des grenouilles, c'est super cool quand elles pètent!

— M'en vais chez Noémie.

— Hon! C'est de valeur, on aurait pu aller avec toi pour lancer des œufs... »

Moulée dans son legging humide, Laurie est passée en coup de vent devant nous.

«Où tu t'en vas de même, toi?

— À quèque part.

— Je te rappelle que t'es privée de sortie!

— *Pfff!* »

Les verres ont tinté dans le vaisselier quand la porte a claqué. Claudine s'est levée calmement, a saisi son téléphone cellulaire, cherché un numéro dans ses contacts.

«Oui, bonjour, j'aimerais faire bloquer un des numéros que j'ai à mon compte... oui... hum hum... j'ai un forfait parent-enfants pis j'aimerais bloquer le compte de ma fille de toute urgence… oui, le numéro… Claudine Poulin. Vous pouvez le bloquer à distance? Oui, pour une période indéterminée… oui… la raison? Bah, avez-vous des choix? Impolitesse, impertinence… conflit? Oui, ça peut aller… »

Elle a raccroché au moment où Adèle passait en coup de vent dans la cuisine, un petit sac sur l'épaule.

« Fais-nous signe, ma cocotte, si vous manquez d'idées. »

Et la porte a claqué derechef. Claudine s'est frotté les mains.

« Viens-t'en, on sort.

— Où?

— N'importe où. En autant qu'on reste pas ici.

— On a trop bu pour conduire.

— Y a un petit pub à deux coins de rue.

— On est pas matantes un peu pour ce genre de place-là?

— Ben non, c'est du monde comme nous autres qui vont là.

— OK. Oublie pas ton cellulaire.

— Je l'amène pas. De la marde! »

La voisine d'à côté appelait son chat quand nous sommes sorties: « Minou, minou, minou, viens ici, mon tit bébé, viens-t'en mon tit gars, enweille, viens, mon tit bébé, minou, minou, minou! Viens voir maman! » La solitude pouvait faire ça. Physiquement, c'était une femme comme nous autres.

« Je sais ce que tu penses.

— De quoi?

— Des filles.

— Mais non, je pense rien. Je sais c'est quoi, des ados. J'en ai déjà eu. »

N'empêche, les petites scènes auxquelles je venais d'assister me donnaient envie d'appeler Jacques pour le remercier d'avoir attendu que les enfants soient partis pour me jeter comme une vieille chaussette.

« Les filles sont en maudit. Ça les enrage, deux maisons dans deux villes.

— Sont comme ça avec Philippe aussi ?

— J'imagine. Y a dit à Laurie la semaine passée que si elle changeait pas d'attitude avec sa nouvelle blonde, y hésiterait pas à choisir entre les deux.

— Y a pas dit ça ?

— Madame « esprit de contradiction » en a rajouté, comme tu peux le deviner. Y m'a déjà avertie qu'y était en train de « prendre des dispositions » pour s'en débarrasser, le temps qu'elle « apprenne à vivre ». L'idée y vient pas que ce serait sa job d'y montrer à vivre, l'osti de gnochon. Non, monsieur veut juste pus la voir.

— Mais y peut pas faire ça !

— Oh oui, ce que Philippe veut, le Diable le veut.

— Mais toi ?

— Qu'est-ce que je peux faire ? Y dire que je la veux pas, moi non plus ? Y donner une raison de plus de m'haïr ? Ben non, j'encaisse pour deux. Chez son père, faudrait qu'elle soit toujours de bonne humeur, qu'elle joue à l'enfant comblée dans un nouveau foyer. Y avait pas prévu ça dans son plan, que les enfants pourraient être en crisse. Y a rien à se reprocher, lui, tout est beau.

— Pis Adèle irait toute seule chez son père ?

— Oh! Ça me surprendrait. De toute façon, quand Philippe va apprendre que l'école est à deux cheveux de la sacrer dehors, je gage qu'y va lui trouver une punition accommodante, du genre "je te crisse dehors toi aussi, mais c'est pour ton bien, mon enfant. Tu reviendras quand tu seras parfaite."

— C'est quoi, le problème avec l'école?

— À fout rien. Adèle est aussi amorphe que Laurie est en crisse. Après trois échecs, y te foutent dehors, à moins d'être capable de faire un gros don à l'équipe de football.

— J'ai mal au cœur.»

Le bar était plein à craquer de gens tranquillement installés autour d'un verre. Régnait là une atmosphère lourde, chargée de mélasse en suspension. L'odeur des corps s'était mêlée à celle des liquides fermentés qui se dégustaient à petites gorgées pour diluer les misères de la semaine qui venait de finir.

On s'est installées au comptoir, derrière lequel allaient et venaient une fille-mannequin qui affichait une moue de passeport et un bûcheron tatoué à long toupet. Il faut retourner dans les années quatre-vingt pour voir la mode imposer à ce point son impérieuse dictature. Et non, n'essayez pas, rien ne ressemble plus à un bras tatoué qu'un autre bras tatoué.

Le grand miroir devant nous réfléchissait la faune qui s'enivrait derrière. Plus jeune que nous, cette faune, pas mal plus jeune même, n'en déplaise à Claudine qui avait fourré dans le «comme nous autres» tout ce qui avait l'âge de boire pour m'appâter.

Quand le barman est enfin venu nous servir, il a levé vers nous son menton poilu en un petit mouvement sec qui était, j'imagine, une forme abrégée de « Bonsoir, mesdames, vous allez bien ? Qu'est-ce que je peux vous servir ? » Personne ne s'enfarge plus dans les civilités, aujourd'hui, le temps est précieux. Claudine a levé deux doigts et dit « blanc » sans sourire. Efficace.

On a refait le monde plusieurs fois, rempli tout aussi souvent nos verres en faisant tournoyer notre index dans les airs – façon de dire "on remet ça" champion –, échafaudé quelques projets de loi pas révolutionnaires, vomi abondamment sur nos ex, réglé le compte de deux ou trois collègues parfaitement incompétents, jeté les bases d'une nouvelle pensée philosophique perfectible – antiheideggérienne – et pleuré discrètement sur nos vies maudilement décevantes par moments.

Comme chaque soir depuis le départ de Jacques, j'ai reçu un texto d'Antoine qui voulait s'assurer que j'allais bien. Pour une rare fois, je ne mentais pas : « Super, mon coco. Je suis avec Claudine. Maman xxx ». Je sais, il ne faut pas signer ses textos, mais c'est un mot que j'aime écrire, « maman ».

J'ai attendu un peu trop longtemps avant d'aller aux toilettes, si bien qu'une fois sur mes pieds, j'ai eu peur de ne pas être en mesure de tout retenir. J'ai rassemblé les quelques neurones qui ne barbotaient pas trop dans l'alcool pour trouver le courage d'aller me mettre dans la file qui s'était formée devant les toilettes des filles. J'ai patienté en resserrant au maximum tous mes sphincters pour ne pas vivre là, dans cette hyper taverne hyperbranchée, l'humiliation de mouiller mon pantalon.

Quand mon tour est arrivé, je me suis engouffrée dans les toilettes en faisant semblant que rien ne pressait. Ça ne prenait qu'une seconde et demie de plus pour montrer aux fillettes présentes que les femmes de mon âge sont tout en contrôle. Je n'ai aperçu le gros tas de merde et de papier qui bouchait la cuvette qu'au moment de poser mes fesses sur la lunette. Je n'ai pas eu le choix d'y ajouter ma touche, il n'y avait plus moyen de contenir mon envie. J'ai soulevé un peu les fesses pour ne pas être éclaboussée par le rebond des gouttes sur le mont des déjections. J'aurais préféré une toilette chimique dans un champ perdu.

Je suis sortie comme les autres avant moi, mine de rien, cachant mon crime en fuyant le regard des autres. À la quantité de papier accumulé là, il était évident que je n'étais pas à l'origine du problème. Je m'étais contentée de l'aggraver, ce qui n'est, à tout prendre, pas une véritable faute. Ni une excuse.

Une fois de retour à ma place, j'ai éclaté de rire en racontant l'histoire à Claudine.

« Merde, qui va déboucher ça ?

— À voir l'épaisseur du tas, ça va prendre une hache ! »

Mon téléphone a sonné. Je ne connaissais pas le nom affiché.

« Je connais pas, je réponds pas.

— Je fais pareil.

— C'est pour ça que ça marche pus, les coups de téléphone. »

La cinquième fois que la sonnerie a retenti, j'ai pris l'appel, prête à envoyer promener le fatigant qui insistait tant.

« Oui ?

— Vous êtes où ?

— C'est qui à l'appareil ?

— Laurie.

— Laurie ? »

Claudine s'est tapé le front.

« *Oh boy!* La petite princesse doit être en beau calvaire...

— Vous êtes où ?

— On est sorties prendre un verre.

— Où ?

— Chez Ti-Louis.

— NON ! DIS-Y PAS ! »

Elle avait raccroché.

« Désolée.

— On va la voir débarquer, oh que oui ! Pus de téléphone un vendredi soir, regarde ben ça...

— Elle va pas venir ici ?

— On gage combien ?

— Était peut-être juste inquiète. On y a pas dit où on allait.

— *Pfff...* ha ! est bonne ! Inquiète... »

Claudine riait encore quand j'ai vu le reflet de Laurie dans le miroir du bar.

« Oh oh ! De la visite. »

Elle avait pratiquement volé jusqu'à nous, fendant la foule comme une nageuse bionique. Devant sa mère, elle a stoppé net. J'ai jeté un œil à ses mains pour m'assurer qu'elles ne cachaient pas d'objet contondant du genre brique ou fanal.

« T'aurais pu prendre ton téléphone.

— J'avais pas le goût de t'entendre chialer. T'étais privée de sortie, tu le chavais. »

La bouche de Claudine, passablement ramollie, mâchouillait les mots plus qu'elle ne les prononçait. J'ai fait un sourire d'imbécile heureuse pour lui montrer que j'étais avec sa mère, dans le même bateau, coupable du même crime.

« Faudrait rentrer, maman.

— NÉO ! Je reste ici, y a personne qui m'envoie chier ici, j'suis bien.

— Maman, viens s'il te plaît. »

Claudine s'accrochait à son verre. La tempête était toute proche, ça se sentait à plein nez. Le vin doré léchait les parois en tourbillonnant.

« T'es pas fâchée pour ton téléphone, mon tit minou ?

— Ton frère veut te parler.

— *Pfff!* Mon frère ? Monsieur le nombril ? Y doit être dans marde, sartain !

— Viens.

— Tu y as parlé ?

— Viens.

— Dis-moi qu'essé qui se passe avant ?

— Pas ici.

— Sinon je bouge pas.

— Ton père est mort. »

Claudine n'avait pas adressé la parole à son père depuis son divorce : selon lui, tout était sa faute, à elle, la femme « castrante ». Dans son raisonnement qui puait le machisme à des milles à la ronde, la femme était toujours responsable de la dissolution du foyer. Homme d'une autre génération aux idées encrassées par la toute-puissance du mâle, il ne voyait pas ce que ses propos avaient de profondément moyenâgeux. Au contraire, il ne manquait jamais l'occasion d'en remettre, allant jusqu'à professer que les égarements des hommes s'expliquent par la Nature qui leur commande de se reproduire jusqu'à la toute fin, contrairement aux femmes qui se dessèchent bien avant de crever, ce qui les sauve du tourment du désir. Un homme agréable, donc, doublé d'un grand biologiste. Mais son père, tout de même. Ce mélange d'amour et de haine ne faisait pas bon ménage avec l'alcool : « Y va m'avoir fait chier jusqu'à la fin, le vieux crisse. »

Son frère André était un modèle tout aussi agréable, mais d'un tout autre genre. C'était un fabuleux manipulateur, qui souffrait d'un nombre incalculable de maladies non déclarées : nombrilisme, narcissisme, complexe de dieu, mythomanie, comédianisme aigu, dilapideur de fonds, menteur compulsif, etc. Claudine lui avait sauvé les fesses plus souvent qu'à son tour pour des histoires de dettes pas très nettes. Elle avait été forcée de l'abandonner à son sort pour ne pas couler avec lui. Mais comme la mort attire les charognards, il était de retour.

Nous sommes rentrées sous la pluie battante, à pas lents, n'opposant à l'eau aucune résistance. Elle a rabattu tout ce qu'elle pouvait, le moral, les cheveux, les vêtements. Laurie n'a pas dit un mot pour son téléphone. Elle a même attrapé le bras de sa mère pour marcher avec elle. L'adolescence finirait peut-être par passer. On avait le droit d'en rêver.

9

Où, comme Rocky,
je m'écrie «Charlèèèèène!»

La belle Charlène de mon beau Jacques voulait me rencontrer, pour parler femme à femme, *blablabla blablabla*.
Elle voulait me faire son show expiatoire. Le cinéma, la
littérature et la *chick lit* regorgent de ces scènes d'auto-
flagellation où une méchante maîtresse trop belle, trop
jeune, toujours un peu conne, vient tenter, par des aveux
aussi vrais que ses faux seins, d'obtenir le pardon de la
femme abandonnée pour se laver la conscience et jouir
enfin pleinement du beurre, de l'argent du beurre et du
gars qui fait le beurre. Elle aurait sûrement souhaité que
j'en vienne à reconnaître, en l'écoutant, que ce n'était
pas sa faute, qu'ils avaient succombé à quelque chose de
plus grand qu'eux qui les avait réunis dans une symbiose
alchimique qui transcendait – entendre annulait – tous
les serments du passé. Mais il n'y avait aucune chance que
ça se passe ainsi: elle n'avait pas suffisamment de voca-
bulaire pour formuler des idées complexes et je ne leur
pardonnerais jamais quoi que ce soit. Et même si je ne
cherchais pas vraiment à me venger, je me réjouissais de

91

pouvoir au moins leur faire porter, dans la poche arrière de leur esprit, un peu de ma haine et de ma douleur.

J'ai accepté de rencontrer Charlène seulement parce qu'elle m'a susurré suavement au téléphone qu'elle n'en avait pas parlé à Jacques, car il ne l'aurait jamais laissée faire. «*Top secret*», m'a-t-elle lancé dans son meilleur anglais. S'offrait donc à moi la chance de tromper Jacques avec sa propre maîtresse – sans contact physique, ou presque. J'espérais qu'elle me raconte des trucs que je ne pourrais apprendre autrement; elle m'offrait la chance d'étudier le cyclone de l'intérieur.

❧ Les confidences de Charlène ❧

Elle n'avait pas mis ses talons hauts ni son petit foulard à la Bardot, mais du linge mou pour me faire sentir d'entrée de jeu qu'elle venait en amie et que je pouvais, si je le souhaitais, rire d'elle un peu. Je l'avoue, j'ai trouvé ça très généreux de sa part. Je m'étais attendue à ce qu'elle débarque affublée de ses atours de bureau – tailleur sévère, échasses coordonnées, bijoux élégants –, mais elle avait plutôt choisi de jouer la carte du naturel avec du coton gris, des sandales pas belles et un teint tristounet parfaitement dépourvu de maquillage. C'est très difficile d'attaquer quelqu'un habillé en mou, on a l'impression qu'il est déjà à moitié à terre. Les huissiers et les agents de stationnement devraient considérer sérieusement ce type d'habits.

Je l'avais invitée à la maison, à l'extérieur, pour qu'elle puisse pleurer sans retenue – situation gênante dans un restaurant – et me raconter librement toutes ses âneries.

Comme il avait plu la nuit précédente, j'avais séché deux chaises. À son arrivée, évidemment, je lui avais par erreur présenté une troisième chaise, la plus trempée. Elle ne portait pas le pantalon de lin beige auquel j'avais rêvé, mais ça lui faisait tout de même un beau cerne foncé qui collait à ses fesses qu'on devinait dures, même sous le mou. Je lui ai marmonné des excuses en lui offrant cette fois la bonne chaise. Bonne joueuse, elle y est allée de compliments bien sentis.

« C'est beau, chez vous !

— Merci.

— L'aménagement de la cour est magnifique.

— Ah ça, c'est Jacques ! Y devrait pouvoir vous arranger un petit quelque chose de sympathique chez vous.

— Pis la belle terrasse que vous avez là !

— Que j'ai, que j'ai !

— Oui, oui, désolée.

— C'est un ami de Jacques qui nous a fait ça, M. Nelligan.

— Ah ! J'en prends bonne note. »

Connasse. J'ai tout de suite eu envie de lui lancer le contenu de la cruche d'eau que j'avais posée précautionneusement sur la table – sans verre, évidemment, comme j'avais le projet de la lui lancer. Mais tout le plaisir que m'avait procuré cette idée avant son arrivée se dégonflait face à son accoutrement si peu soigné. Il me semblait même déraisonnable de gaspiller deux litres d'eau fraîche s'il n'était même pas question d'abîmer une mise en plis, un vêtement de cuir ou un savant maquillage.

« Ouf… si tu savais ce que ça me coûte de venir te voir aujourd'hui… »

Et tout de suite les larmes. Elle ouvrait grand les yeux pour faire semblant de les sécher en se faisant un éventail de sa main. Fascinant. Charlène Dugal pleurait comme une grosse vache dans ma cour superbement aménagée. Sur le moment, j'avais à peu près autant envie de ça que d'une tranche de jambon à l'ananas. Je me suis bien gardée de lui mettre une main charitable sur l'épaule, je l'aurais probablement égorgée.

«On a parlé d'une jasette d'une petite demi-heure, Charlène. Faudrait que t'enchaînes.

— Oh… désolée, oui, excuse-moi. Je… je voulais surtout te dire que je te comprends, j'ai pas voulu ce qui arrive, ce que tu vis, je l'ai déjà vécu…»

Ce qu'elle avait vécu ne m'intéressait pas, c'était bon pour les chansons de Francis Cabrel. Je voulais savoir où ils en étaient, maintenant, quels étaient leurs plans. Jacques se transformait en poisson gluant quand j'essayais d'avoir une idée de ce qu'il comptait faire. Tout était abordé évasivement, sous le voile d'un mystère agaçant qui me semblait autant une façon de faire du temps que de m'épargner. Je ne pouvais pas me le cacher, sous les couches d'amertume qui s'étaient accumulées en moi dormait encore une espèce de vieille espérance, de la trempe de celle qui donne du courage au bord de la fosse, qui me condamnait à souhaiter encore le retour de Jacques. C'était bien sûr une forme de déni de survie dont je pouvais, malgré la protection qu'il m'offrait, sentir le caractère risible.

«Je tenais à ce que tu saches que… j'ai… *snif snif snif*… pas cherché ce qui est arrivé…» *Blablabla, blablabla.*

Et là, j'en ai appris un peu plus sur leur histoire par une série de phrases mouillées hachées menu en mots à peine intelligibles qui n'en permettaient pas moins de reconstituer les faits, dans toute leur fatalité : hasard, vulnérabilité, cocktail, congrès, mains, désarroi, surprise, culpabilité, non, oui, peut-être, cœur, mariage, amour, faute (ou foutre, je n'ai pas bien entendu), respect, vie, coup de foudre, chimie (la crisse de chimie !), le tout entrecoupé de « *you know* » probablement censés donner une teinte exotique à son pathétique discours. En clair et en résumé, elle avait été la maîtresse de Jacques pendant un petit moment avant notre séparation. Je m'en doutais, merci.

Comme elle n'en finissait plus de produire du mucus qui lui encombrait les entrées et sorties d'air, et que je ne lui venais en aide d'aucune façon, elle a fini par émettre le désir d'aller aux toilettes. La face dans une main, elle m'a fait signe de l'autre de rester assise, ce que je ne me suis pas privée de faire. Elle est entrée et a pris à gauche sans hésiter, comme si elle était chez elle. J'ai essayé de refouler les scénarios qui s'échafaudaient dans ma tête – elle était déjà venue chez moi, la salope ! – pour me concentrer sur le plaisir de l'imaginer dans les toilettes, complètement privée de papier : j'avais précautionneusement retiré des deux salles de bain de la maison papier hygiénique, mouchoirs, serviettes, tampons, débarbouillettes et toute autre forme d'accessoire pouvant servir à éponger des larmes, de la morve, du pipi ou, mieux, du caca. Elle n'irait pas frotter son petit derrière contre la porte de verre de la douche. Les dernières gouttes – ou le reste de ce qui sortirait de son corps – finiraient dans sa

AUTOPSIE D'UNE FEMME PLATE

culotte. Comble de chance, dans son désarroi, elle avait laissé son sac à main près de sa chaise sèche d'archiduchesse. Donc pas de petits mouchoirs de secours.

Quand elle est réapparue, elle semblait s'être ressaisie; le temps lui manquait tout à coup pour continuer notre rencontre tant espérée.

« Je pense que je vais y aller.

— Déjà? On n'a pas eu le temps de jaser.

— Faut vraiment que j'y aille. »

Tout m'agaçait dans son empressement, ses yeux fuyants, son ton saccadé, la violence avec laquelle ses mains essayaient d'induire à ses vêtements un pli élégant; de toute évidence, le vêtement mou n'était pas une habitude. Je n'arrivais pas à voir avec quelle partie de vêtement elle s'était mouchée. À moins qu'elle n'ait soufflé sa morve dans le lavabo, comme un bûcheron, pour la balayer d'un grand jet d'eau. C'était une bonne chose qu'elle songe à partir, je n'aurais pas pu me retenir de l'étriper encore longtemps. Je la haïssais, profondément, pas tant pour le mari volé que pour avoir souhaité, en venant me rencontrer, se décharger d'une culpabilité qui jetait une ombre sur son bonheur nouveau. Comme si elle oubliait qu'il était directement lié à mon malheur. Elle m'avait tout pris, mais voulait encore que je lui offre, moyennant quelques larmes et une sincérité feinte, la paix intérieure. Elle pourrait se torcher avec, sa sincérité.

« T'es venue souvent, ici?

— Ici? Qu'est-ce que tu veux dire?

— Ici, chez moi, jadis chez nous. Dans ma maison, jadis notre maison…

— Ben non, voyons, de quoi tu parles!

— Tu savais où étaient les toilettes.

— Ben… c'est pas sorcier, toutes les maisons se ressemblent.

— Non, pantoute.

— D'une certaine façon, oui.

— T'as pas hésité une fraction de seconde.

— Bon, je pense que j'suis mieux d'y aller, ça prend une tournure désagréable.

— Je t'accompagne. »

Une fois debout, j'ai senti que c'était le bon moment. Les sièges en cuir beige de sa Mini Cooper pourraient se désaltérer. Je lui ai alors vidé d'un bon coup sec tout le pichet d'eau froide dans le dos, sans même essayer de faire passer ça pour un accident. Elle a lâché un grand cri avant de se sauver en courant. Elle devait craindre que je n'aie caché une douzaine d'œufs sous la table. Je m'en suis voulu de ne pas y avoir pensé.

La voiture est partie sur les chapeaux de roues en faisant lever la poussière. Je lui ai crié une forme de compliment, pour sceller officiellement la fin de notre conversation amicale : « Ça te fait bien, le mou ! »

J'ai ensuite fermé les yeux pour mieux imaginer l'inconfort des vêtements trempés d'eau et de pipi qui rendraient bientôt poisseux le cuir fin des sièges. Je me félicitais de l'étendue de la destruction que j'avais réussi à semer, tout compte fait, avec si peu d'eau.

Je suis demeurée un instant devant la maison, la cruche vide à la main, le cœur gorgé d'adrénaline, prêt à exploser. Madame Nadaud, mal cachée par son rideau de salon, s'amusait beaucoup de ce spectacle improvisé qui, s'il n'avait rien de très spectaculaire, offrait au moins la magie du direct. Elle ne m'a pas rendu le bonjour que je lui ai adressé, pour ne pas confirmer sa présence. Alors, pour elle et tous mes autres admirateurs secrets tapis dans une encoignure de fenêtre ou de porte de leur petite maison proprette, j'ai lancé bien fort : « C'EST LA MAÎTRESSE DE MON MARI, CHARLÈÈÈÈÈNE ! C'EST AVEC ELLE QUE JACQUES EST PARTI ! BEAU PETIT CUL, HEIN ? »

J'ai attendu une réaction qui n'est jamais venue, on l'aura deviné. Ça m'a semblé un bon jour pour essayer mon attirail de course hors de prix. J'avais les souliers, la rage au ventre, le reste suivrait tout naturellement.

10

Où j'essaie de courir.

Après le départ de Charlène, revigorée par mon petit pétage de coche, habillée en coureuse professionnelle, montre GPS en moins (« Je vais y repenser », ai-je dit à Karim), je me suis rendue au parc pour ma toute première sortie de course depuis ma quatrième secondaire. J'avais pris soin de lire deux ou trois trucs de base sur Internet, pendant la semaine. Tout irait bien, suffisait de commencer lentement, de ne pas forcer le rythme et de boire de l'eau. Je me referais un corps tout en me vidant la tête.

Après deux ou trois cents mètres, c'est dur à dire (je regrettais déjà de ne pas avoir acheté la montre GPS), j'ai été traversée d'un grand coup de poignard au côté gauche. Comme chaque fois que je courais au secondaire (au cégep, j'ai suivi des cours de relaxation et d'escrime). J'ai poursuivi en inspirant-expirant profondément, ça finirait par passer, je l'avais lu. Avant d'avoir atteint les modules de jeux pour enfants, un deuxième point est apparu sous mon sein droit, plus fort, plus douloureux. J'ai ralenti sans m'arrêter, me tenant le corps à deux mains, pressant de toutes mes forces sur les nœuds pour essayer de les dissoudre. Si je prenais de grandes respirations, ça passerait, c'était écrit.

La fontaine d'eau était en vue quand j'ai senti que ma cage thoracique allait s'ouvrir pour libérer mes tripes qui demandaient à sortir. Mes tempes se soulevaient à un rythme anormal, je sifflais du nez, je suintais par tous les orifices, mes pieds et mes mains étaient engourdis, bref, je présentais tous les signes d'une mort imminente. Quand je me suis rappelé que je n'avais pas mis à jour mon testament depuis le départ de Jacques, je me suis arrêtée net.

«De la marde! Monsieur gagnera pas mon argent aussi facilement, *no way*! J'aime mieux rester molle! *Fuck* les quatre cents piasses de linge!»

Les jeunes filles qui venaient dans ma direction ont coupé sur le gazon pour m'éviter. J'aurais fait pareil: une folle aux yeux injectés de sang qui se parle toute seule, c'est inquiétant. Peu importe l'heure ou l'endroit.

J'aurais dû être en sueur, j'étais surtout enragée. Mon corps se braquait contre moi alors que je ne lui voulais que du bien, que j'essayais de rattraper le temps perdu et de lui donner une chance d'être à nouveau désirable. Ingratitude.

J'ai fait des doigts d'honneur aux rideaux qui bougeaient sur mon passage et me suis tout de suite mise au travail en rentrant. J'ai déménagé quelques meubles, ceux de monsieur surtout. Par la fenêtre du deuxième. En pièces détachées. J'ai pensé que ça permettrait à la maison de respirer un peu. Les lieux, comme les corps, ont besoin d'oxygène. J'ai profité de mon élan pour appeler le détective que Claudine m'avait recommandé.

Un peu plus tard, Charlotte est arrivée, un peu pani-
quée.

« Maman ? T'es là ! Mais qu'est-ce que tu fais ?

— Ah ! Allô ! La belle visite ! Je fais un peu de ménage.

— Maman, faut que t'arrêtes de tout démolir…

— C'est trop chargé dans cette maison-là.

— On peut les donner, les meubles. On les met sur
les petites annonces pis y vont partir tout de suite.

— OK, j'arrête. J'avais besoin de me dégourdir un
peu.

— T'es allée courir ?

— Bof, pas vraiment, ça marche pas.

— Faut que tu commences par alterner entre la
marche pis la course, quand t'as jamais couru.

— Ah.

— T'as essayé de courir de même, n'importe comment ?

— Genre.

— On se donne rendez-vous cette semaine, je vais
venir courir avec toi.

— Mais je pense pas que ça va marcher, ma cocotte.

— Ben oui, tout le monde peut courir. Je vais te faire
un petit programme.

— Tu passais dans le coin ?

— Non, c'est papa qui m'a appelée.

— Ton père ?

— Charlène est arrivée dans tous ses états tantôt.

— Ah ! Oui… c'était juste un peu d'eau.

— Maman…

— J'ai échappé le pichet.

— Tout le monde a essayé de t'appeler.

— Pourquoi?

— On s'inquiétait.

— Mais voyons…

— Même papa.

— *Pfff!* Lui!

— Y était pas de bonne humeur quand y a su que Charlène était venue te voir.

— Je l'ai laissée venir, maudite innocente.

— Pas innocente, curieuse, c'est normal.

— Pis est venue habillée en mou pour faire pitié. »

Au contact de la main de Charlotte sur mon bras, mes yeux se sont remplis de larmes qui ont roulé sur le tremplin de mes pommettes avant de faire le grand saut. Je ne pleurais pas, ma tête tordait le trop-plein de tout ce que je n'arrivais plus à gérer.

« Mais toi, comment tu vas, toi, mon bébé? On parle toujours de moi.

— Plutôt bien.

— Ah oui? Y se passe quelque chose?

— Doum est revenu dans le décor.

— Non? Pas vrai? Ah ben! Je savais qu'y reviendrait! Je te l'avais dit, hein?

— Je sais.

— Qu'est-ce que tu vas faire?

— Je sais pas, je pense que je vais le faire niaiser un peu.

— Juste un p'tit peu.

— Juste pour dire.

— Tu l'aimes encore, perds-le pas.

— Papa dit que reprendre avec son ex, c'est comme mettre des bas sales. »

J'ai essayé de ne pas m'arrêter au fait que sa comparaison me reléguait au rang de bas sales. J'ai tout de même déposé, par précaution, la masse que j'avais toujours à la main.

« Tu y diras que ça se lave, des bas sales. »

Jacques ne pourra jamais aimer Dominic, c'est un artiste un peu bohémien qui ne partage pas ses valeurs. La pyramide de Maslow de Dominic a la tête à l'envers, c'est très déstabilisant pour un ingénieur comme Jacques, les deux pieds coulés dans la réalité. Sans métier « noble » et sans argent, pas de salut possible avec ma paire de bas sales d'ex-mari.

« Dis pas ça à ta grand-mère, elle va te refaire un de ses beaux discours sur l'homme idéal.

— Tu sais pas la meilleure ?

— Non.

— Grand-maman déteste Charlène.

— Tiens, elle s'améliore peut-être en vieillissant, elle. »

11

Où je cherche le magasin des animaux.

« Vulnérable ?

— Oui, mais c'est dur à décrire. On dirait que je sais plus comment les affaires marchent.

— Tu parles de quoi ?

— J'ai l'impression d'être une moins bonne mère.

— Pourquoi ?

— Je me sens moins solide, moins sûre. Comme une chaise à trois pattes. »

Elle a levé bien haut les sourcils, comme chaque fois qu'elle m'invitait à continuer.

« Quand Charlotte était petite, à trois ou quatre ans, elle avait des angoisses terribles pour une enfant de son âge. Ç'a commencé avec le magasin des animaux. On revenait un soir en auto quand elle s'est mise à pleurer tout d'un coup, pour rien. Je l'ai regardée dans le rétroviseur, ma mini Charlotte dans son banc de bébé, les petits poings sur les yeux. J'y ai demandé ce qui se passait. Elle m'a répondu qu'elle savait pas où était le magasin des animaux. "Mais pourquoi tu veux savoir ça, ma belle ?" "C'est parce que je vas vouloir un chat quand je vas être grande." "OK, mais moi, je sais où y est, le magasin des animaux, moi, je vais te le dire." Charlotte tripait ben raide sur les chats, elle aurait tellement voulu en avoir un, la pauvre petite, mais Jacques voulait rien savoir, y faisait même accroire qu'y était allergique pour pas avoir l'air cruel. Elle s'est calmée un peu, je pensais que ça irait, mais elle a recommencé à pleurer deux minutes plus tard. "Qu'est-ce qui se passe, mon lapin?" "Mais j'ai pas d'auto pour aller au magasin des animaux, moi." "Je vais t'amener dans mon auto, on va y aller ensemble, cocotte, je vais y aller avec toi, inquiète-toi pas, je vais être là, j'ai une auto, je sais c'est où, tout est correct, pleure plus pour ça…" Elle s'est encore remise à pleurer. "Mais maman, on a juste un banc d'auto pis moi, je vais avoir deux enfants."

— *Wow!*

— Sur le coup, j'avoue que j'ai eu un peu de misère à pas rire, son plan de match avait l'air tellement bien monté. J'y ai dit qu'on achèterait un autre banc d'auto, que je savais aussi où l'acheter, que j'avais de l'argent pour le chat, pour le banc, pour tout ce qu'y nous fallait, que je savais comment m'occuper des chats, des bébés, de plein d'autres affaires. J'ai senti que c'était pas ce que je disais qui la calmait, mais le ton sur lequel je le disais. "Inquiète-toi pas, Charlotte, je suis là, je serai toujours là, pis je sais tout ce qu'y faut savoir." J'en doutais pas une seconde.

— Hum.

— Je savais où je m'en allais, pourquoi je faisais telle ou telle chose, c'était tellement évident. J'avais un plan de retraite, je projetais des voyages, je savais exactement ce qu'on mangerait chaque jour de la semaine, ce que je planterais dans le jardin l'été... Aujourd'hui, tous mes projets sont ruinés, je suis incapable de me projeter plus loin que le soir qui vient, mes plans marchent plus, faudrait que je m'en fasse d'autres, mais j'y arrive pas, j'ai pas le goût, ç'a pas de sens, je me coucherais pis je dormirais pendant dix ans...

— C'est une question de temps, c'est normal.

— Je voulais être une femme forte pour mes enfants, je voulais qu'y débarquent chez nous pour venir chercher conseil, pour se faire consoler, pour se reposer dans les bouts durs de leur vie, ou pour avoir de la sauce à spaghetti...

— C'est plus possible, ça ?

— On dirait que les rôles sont inversés, que c'est moi la fragile, que c'est moi qui ai de la peine, qui souffre... je suis plus certaine de rien, j'ai l'impression que tout est à refaire, pis je sais pas par où commencer, je sais même plus y est où, le magasin des animaux... »

12

Où je me tape un épisode digne de *Twilight Zone*.

Dans mon top dix des événements que je déteste, il y a, tout en haut, les *showers* de bébé, les mariages et les baptêmes (*ex æquo*), et les veillées funéraires.

Les funérailles du père Poulin se tenaient sur le bord de l'autoroute, dans une espèce de château en fausses pierres – les murs étaient en fait des structures de bois sur lesquelles on avait cimenté de fausses façades de pierre. Par souci d'harmonie, les plantes qui ornaient le hall d'entrée, bien que baignées d'une abondante lumière naturelle, étaient en tissu.

Dans la salle B, celle réservée aux Poulin – « à droite, au fond, près des toilettes, ma petite madame » –, la famille, les amis et les inconnus formaient des petits cercles de discussions sur la moquette aux motifs spirographiques qui se déployaient dans un dégradé de mauve étourdissant. J'essayais de maintenir mes yeux au niveau des épaules.

La plupart des gens, d'un âge vénérable, portaient des vêtements sombres, comme le veut l'étiquette, sauf une femme mystérieusement vêtue de pied en cap d'un ensemble vert émeraude scintillant absolument fascinant. Même l'ombre à paupières était assortie. Elle riait et jasait avec entrain, bougeant les bras avec énergie, alors que les autres se cramponnaient à leur verre d'eau. Elle faisait tache de gaieté dans cette mer de grisaille. Je me suis laissé quelques notes mentales pour mes arrangements funéraires : inviter les gens à porter de la couleur, faire une microcérémonie dans un bar aux lumières tamisées, interdire les discours, arroser le tout de bon vin.

J'ai fait la tournée des éplorés officiels, identifiés par une épinglette en forme de goéland (?), avec ma petite phrase de circonstance : «Diane, je suis une amie de Claudine, mes sympathies.» Phrase que j'ai répétée une bonne vingtaine de fois, en modulant ma sincérité et mes mimiques selon la bette de l'endeuillé. Pour André et sa face d'hypocrite, j'ai esquissé un faux sourire en prenant soin de retirer «mes sympathies» de la formule. Je ne voyais aucune raison de partager avec lui quelque sentiment que ce soit. Je me suis contentée de ravaler toutes les conneries que j'avais envie de lui crier par la tête. C'était déjà beaucoup de bonté.

Pour ma Claudine, la face bouffie de douleur, j'ai ouvert et refermé sur elle mes bras, comme une plante carnivore. La chicane éternelle à laquelle la mort de son père la condamnait venait ajouter un peu d'amertume au cocktail de ses malheurs quotidiens. Laurie m'a remerciée d'être là en me serrant la main fermement. Elle avait pris un bon coup de vieux. De son côté, Adèle n'avait de toute évidence pas subi le même sort : elle était assise un peu plus loin, exténuée d'avoir eu à se tenir sur ses jambes une petite demi-heure. Pas de Gendarmerie royale canadienne pour elle. La mère de Claudine, à quatre-vingt-trois ans, avait l'air diablement plus en forme. Philippe, en sa qualité d'ex-gendre, se tenait à la fin de la queue du cortège des éplorés. J'ai pu l'éviter sans que ça paraisse. Il a dû m'en remercier intérieurement.

La cérémonie s'est mise en branle, alternant les chansons, les paroles de l'officiant, qui brodait du vide autour de la métaphore du passage des saisons, et les discours de la famille. Jusque-là, tout roulait rondement, dans une atmosphère endormante au possible, comme de coutume. Le plaisir a commencé pendant l'hommage que la petite sœur de Claudine, de dix ans sa cadette, rendait à son père. Elle en était à énumérer les choses extraordinaires qu'il lui avait enseignées (patiner, attraper une balle avec une mite de baseball, laver son auto, *shiner* son auto, etc.), quand une voix éraillée a retenti avec force au centre de la salle.

« EN TOUT CAS, C'EST PAS GRÂCE À LUI… »

Claire a hésité, puis continué. Les gens se sont mis à murmurer dans l'oreille de leur plus proche voisin.

« … tous les samedis matin, dans le garage, tu me montrais tes outils…

— SI C'ÉTAIT JUSTE DE LUI, TU SERAIS PAS ICITTE ! »

Une minuscule vieille femme se tenait debout, le doigt pointé vers le plafond comme pour le prendre à témoin.

« Y TE VOULAIT PAS ! »

Ceux qui l'entouraient essayaient de la calmer. Une autre vieille femme, plus petite encore, comme si c'était possible, tirait sur sa manche pour essayer de la faire asseoir. Une jeune femme lui tenait fermement les épaules.

« Matante, arrêtez ça, c'est pas le moment.

— C'EST LE MOMENT SARTAIN ! Y EST MORT !

— Justement, ça sert à rien.

— C'ÉTAIT UN SANS-CŒUR ! SI ON LE DIT PAS LÀ, ON LE DIRA JAMAIS ! »

Ils s'y sont mis à plusieurs pour l'entraîner à l'extérieur de la salle sans la brusquer, en la poussant doucement pour la forcer à faire de très petits pas dans la bonne direction. Une microfemme transformée en geyser. De ses mains tordues et sans force, elle poussait ceux qui essayaient de l'entraîner. Elle remâchait son histoire depuis une quarantaine d'années. Le bouchon ne tenait plus.

« Y VOULAIT AVORTER ! »

J'ai attrapé un des verres qui traînaient sur la table à côté de moi pour en sentir le contenu : de l'eau plate. On conjecturait à qui mieux mieux autour de moi, « elle a pas pris ses pilules », « c'est peut-être un caillot », « est à moitié sénile », etc. Peu importe, son cri sonnait vrai dans cet univers cousu d'artifices.

Claire s'est réfugiée dans les bras de son mari. L'inspiration lui manquait tout à coup pour vanter les mérites du mort qui venait de recevoir, de la façon la plus inattendue, une belle volée de bois vert. Le petit scandale courait sur toutes les lèvres en un brouhaha qui s'est mis à enfler frénétiquement. L'officiante s'est ruée vers le micro pour demander le silence, avec une face de y-a-rien-là, afin de permettre à la cérémonie de se poursuivre. Elle devait en avoir vu d'autres, la mort est un terrain fertile pour les règlements de compte. Derrière elle, dans une scène complètement surréaliste, la mère de Claudine riait. Ou, plutôt, s'efforçait de ne pas rire. Elle y arrivait très mal, ses épaules tressaillaient et son visage, crispé en un pain de rides, semblait sur le point d'exploser. Un homme assis à côté d'elle, un galant d'une centaine d'années, lui a tendu un mouchoir de tissu pour lui permettre de se cacher. On pouvait très bien croire qu'elle pleurait, c'était confondant. Mais le mal était fait, l'atmosphère hésitait entre le malaise et le rire nerveux. Ceux qui connaissaient les dessous de l'affaire fixaient le plancher, et les autres qui, comme moi, avaient eu vent des infidélités de son père – il y avait même un bâtard quelque part dans l'Ouest canadien – trouvaient amusant qu'une femme qui en avait autant bavé s'offre une petite vengeance en lançant, sur la tombe de son mari, quelques éclats d'un rire sincère.

Le frère de Claudine s'était réservé le bonheur de faire son petit discours à la toute fin de la cérémonie, comme les invités de grande marque. Il s'est montré à la hauteur du personnage que Claudine m'avait décrit.

Son hommage commençait par le récit de SA naissance, suivi de celui de SES premiers pas, de SES premiers coups de patin, de SES premiers coups de pédale, de SES premières blessures, etc., tout ça débité avec le plus grand naturel qui soit, comme un politicien patenté chargé d'endormir une foule. Certains oncles riaient en se tenant la pomme d'Adam, convaincus qu'était évoqué là ce dont ils ne pouvaient se souvenir, mais qui était si vrai. André avait pris soin d'écrémer sa vie, laissant dans le tamis les mottons disgracieux de ses errements de jeunesse. Un autobiographe malhonnête n'aurait pas fait mieux. Il reliait accessoirement l'anecdote sur sa vie à celle de son père. « Quand je regardais mon père dans les estrades du parc Saint-Roch, pendant mes matchs de balle, je savais qu'y était heureux. » Après une vingtaine de minutes d'une autobiographie très inspirée, la dame aux paillettes a formulé tout haut le malaise d'une bonne partie de l'assemblée.

« Coudonc, y se fait-tu un bien-cuit, lui là ? »

Dans un rayon de quelques mètres autour d'elle, les gens se sont autorisé des rires bien gras. Un des vieux oncles a surfé sur la brèche qui venait de s'ouvrir. « Non, mais là, y a toujours ben un boutte, c'est son père qu'y est mort, simonaque ! » Ne reculant devant rien, André s'apprêtait à nous beurrer d'une autre platitude quand Laurie s'est déplacée derrière lui pour empoigner le fil du micro et le tirer de toutes ses forces pour tout arracher. La fiche a fait quelques flammèches avant de lâcher prise. La douche froide du silence est tombée sur la foule.

C'est la mère de Claudine qui l'a rompu en pouffant de rire, sans aucune retenue cette fois. Je serais prête à parier que cette femme ne s'était pas autant amusée depuis longtemps. L'un des responsables des pompes a trouvé les mots justes pour ramener la paix : « MESDAMES, MESSIEURS, LES SANDWICHS SONT SERVIS DANS LA PETITE SALLE DU FOND. » La foule s'est rapidement massée vers la porte du fond en se mouvant comme un banc de poissons. Discours, feux d'artifice et buffet : une cérémonie réussie.

Je me frayais un chemin pour aller féliciter Laurie et embrasser Claudine avant de partir quand je l'ai vu, là, au fond de la salle, les deux mains dans les poches, dange-reusement beau. J'aurais préféré qu'il ne me voie pas, je n'avais pas prévu le coup. Je me suis fait un petit ménage de face rapide en marchant vers lui (coins des lèvres, des yeux, dessous de nez, sourcils placés). Ses éventails de jolies rides se sont déployés autour de ses yeux, un pli est apparu sur sa joue gauche. Il portait un costume couleur anthracite impeccable. George Clooney aurait eu l'air d'un pichou à côté de lui.

« Salut ! Je savais pas que tu viendrais.

— Je passais juste faire un petit tour.

— C'est une famille un peu spéciale, non ?

— Comme Claudine.

— Oui, c'est vrai. »

Claudine est spéciale, comme moi je suis plate. Deux femmes aux antipodes, abandonnées par leur mari.

« Bon, je vais la saluer avant d'y aller.

— T'as le temps pour un petit morceau de sandwich ?

— Pourquoi pas. »

On s'est frayé un chemin jusqu'aux tables du buffet probablement concocté par le Cercle des fermières du coin. On y retrouvait les classiques montagnes sculp-tées de salades de choux, de patates et de macaronis, des porcs-épics de petits oignons marinés, d'olives et de cornichons sucrés, des œufs mimosa, des crudités avec trempette (savant mélange de ketchup et de mayonnaise) et des petits triangles de sandwichs pas de croûte dans du pain blanc ou brun. J'ai pigé au hasard, trop occupée à essayer de me donner des airs de femme bien dans sa peau pour regarder où je posais la main. Pas de chance, cretons. Il n'existe aucune façon de manger élégamment un sandwich aux cretons. Aucune. Ji-Pi s'est contenté d'un morceau de céleri et de deux ou trois bouts de carotte. Claudine est venue nous rejoindre avec ses filles.

« Ah ben ! Le beau Ji-Pi !

— Mes sympathies, Claudine.

— T'es ben fin d'être venu. »

Il s'est penché sur elle pour l'embrasser en lui attrapant les bras, comme sur les photos des romans Harlequin. Il a ensuite tendu une main vers Laurie qui lui a montré, pleine d'enthousiasme, ses beaux grands yeux.

« Je suis un collègue de ta mère. Mes sympathies.

— Merci. C'est très gentil à vous d'être venu. »

Il a répété la manœuvre avec Adèle, qui s'est contentée de lui présenter une main chiffe molle qui est restée ouverte. Respirer lui demandait toute son énergie, comment lui en vouloir.

« Venez avec nous autres, on s'en allait manger du sushi.

— Tu restes pas un peu avec ta famille ?

— J'ai parlé à ma mère pis à ma sœur, les autres…, es-tu en train de manger un sandwich aux cretons ?

— Euh… oui.

— Jette ça, viens, on se sauve.

— T'es sérieuse ?

— Ça me tente pas de gérer l'histoire du micro. Je leur ai dit d'aller voir le père pour les frais.

— Mesdames, moi, je vais vous laisser ici. Ma petite famille m'attend. Bon courage, Claudine, à vous aussi, les filles. »

Ça m'a noué l'estomac. Plus personne ne m'attendait chez moi, sinon quelques plantes que je négligeais cruellement. Moi qui avais été si occupée, si sollicitée à une autre époque pas si lointaine, je ne savais plus quoi faire de mes dix doigts. L'existence est mal foutue. On devrait avoir le droit de rééquilibrer les heures pour aplanir les pics et remplir les creux.

«On se reprend, mon beau Ji-Pi.»

Je n'ai pas pu profiter de la bise qu'il m'a faite, j'étais concentrée à retenir mon souffle chargé de molécules de cretons. Les détails insignifiants gâchent souvent les plus beaux moments. J'ai déjà vu une mariée pleurer juste avant la photo de famille officielle parce qu'elle venait de se casser un ongle. Ji-Pi a tourné les talons. Il était beau, même de dos. La nuque des hommes m'a toujours fait beaucoup d'effet.

Nous avons mangé des sushis, bu du saké et ri comme des folles. Adèle a même relevé la tête à plusieurs reprises pour participer à la conversation. C'était la première fois que Claudine entendait parler du *chum* de Laurie. Elle était visiblement émue. La mort sert parfois d'électrochoc.

Et Claudine a pleuré, enfin.

13

Où je raconte n'importe quoi
à mon ex-belle-mère.

Blanche tenait à me voir, «pour une discussion sérieuse, de femme à femme». J'aurais préféré me faire arracher une dent à froid plutôt que d'avoir à subir l'un de ses sermons, mais je savais qu'il fallait en finir avant que l'infection ne se répande. Alors je nous ai essuyé deux chaises à l'extérieur, juste après la pluie.

Ma belle-mère ne s'était pas habillée en mou, elle ne savait probablement même pas que ça existait. Elle a tenu à ce qu'on s'asseoie à l'intérieur puisque ce dont nous devions discuter était trop délicat pour tomber dans l'une des oreilles tendues du voisinage. Notre minuscule terrain de sept mille pieds carrés n'offrait à ses yeux aucune intimité possible. Je ne m'étais pas donné la peine de retirer le papier hygiénique et les mouchoirs des salles de bain : Blanche ne va pas aux toilettes. C'est d'ailleurs toujours à elle que je pense quand j'entends l'expression «rare comme de la marde de pape».

«Prendriez-vous une tisane, un café, un petit verre de vin?

— Un canari, ma chérie, ce sera parfait. »

Les gens du peuple appellent ça de l'eau chaude avec du citron.

Elle a enlevé son châle de cachemire, a scruté la chaise avant de s'y asseoir et s'est déposée avec classe, en joignant les genoux et les mains sous et sur la table, les coudes en retrait, évidemment. Tout était étudié chez elle, dans le moindre détail, pour refléter à la fois l'aisance et l'humilité. Mais ça ne prenait pas avec moi, je savais qu'une famille standard de quatre personnes pouvait se nourrir pendant plusieurs mois avec ce que valait sa plus discrète paire de boucles d'oreilles. Elle avait évidemment chaussé d'élégants escarpins, pour être certaine de pouvoir me regarder dans les yeux. Ma grandeur l'avait toujours déstabilisée.

« Comment te portes-tu, ma belle enfant ?

— Ça va bien, merci. Et vous ?

— Je vais bien, merci. Malgré les problèmes de la séparation…

— La séparation ?…

— La vôtre.

— Oui, je suis désolée.

— Ça peut aller, on prend les choses une journée à la fois.

— Charlène est adorable, vous allez voir.

— Oui, sûrement. Comme j'ai déjà eu quelques conversations d'ordre général avec Jacques à propos de votre différend, je tenais à ce qu'on ait une discussion franche, toi et moi.

— À propos de ?…

— Bon. C'est très délicat, j'en suis consciente, tu me pardonneras d'entrer ainsi dans votre vie privée, mais un divorce créerait des vagues et des remous que personne ne souhaite.

— On n'a pas encore parlé de divorce.

— Non, justement, je pense qu'il n'y a rien d'irréparable.

— C'est Jacques qui est parti. Avec une autre femme. Décision unilatérale.

— Nous y voilà. C'est précisément du bonheur de Jacques que je voulais te parler.

— Faudrait voir la belle Charlène pour ça.

— Je parle du vôtre, à Jacques et toi, de votre bonheur qui s'est… émoussé, semble-t-il, au fil des ans. Remarque que je te comprends, je suis avec le même homme depuis cinquante ans, je sais ce que c'est, je peux tellement te comprendre.

— … *(Je m'en câlisse tellement.)*

— Tu comprends que c'est un sujet qu'on n'aborde pas avec son fils, évidemment, on parle de ces choses-là de femme à femme.

— … *(Elle veut me parler de cul, misère…)*

— Je me demandais si vous aviez essayé de vous renouveler, si vous aviez déjà consulté, si…

— Attendez! Attendez! On parle de quoi, là?

— Du bonheur de Jacques. Du tien aussi, ma belle, évidemment.

— *(J'suis pas ta belle.)* De quelle sorte de bonheur?

— Comme Jacques m'a expliqué qu'il n'était plus aussi heureux, et que c'est ce qui l'avait poussé à partir, je me suis demandé si tu avais cessé de… disons… satisfaire ton mari.

— … *(Osti!)* »

En clair, elle avait compris que j'avais poussé Jacques hors du foyer conjugal parce que je ne baisais pas assez ou que je baisais mal ou sans me «renouveler». Et ma grande pimbêche d'ex-belle-mère se croyait en droit de me demander des comptes sur mon offre de services sexuels parce que l'honneur et la fortune de l'empire familial souffriraient de notre divorce. Les «remous» dont elle parlait se chiffraient, forcément. Elle n'en avait rien à foutre de notre vrai bonheur, c'était un mot encombrant qu'elle prononçait comme d'autres crachent le mucus qui obstrue leur gorge.

J'aurais pu lui lancer ma tasse d'eau chaude, tasse incluse, mais elle m'aurait poursuivie pour coups et blessures et autres pertes de jouissance de la vie. Je ne pouvais pas la toucher, physiquement, même du bout des doigts, elle aurait trouvé le tour de transformer mon geste en agression.

Alors j'y suis allée avec la méthode sournoise, la plus cruelle aussi. C'était trop facile, je m'en suis même voulu un peu après son départ. Je l'ai anéantie en quelques mots que je lui ai fait deviner.

«Bon. Écoutez. C'est très embarrassant de vous parler de ça.

— Dis-toi que je suis une vieille amie qui a à cœur la famille, ta famille.

— C'est que Jacques, ces dernières années, était devenu plus... plus... ouf... euh... exigeant.

— Oh! Exigeant?

— Oui. J'arrivais plus à... je sais pas comment dire ça... répondre à ses...

— Fantasmes?

— Oui, ses fantasmes.

— Mais tout le monde a des fantasmes, chérie. C'est normal.

— Peut-être, mais ceux de Jacques avaient pris… une nouvelle forme.

— Une forme de quoi? De jeux?

— Hum… oui, si on veut. Des jeux qui m'amusaient pas pantoute.

— Non? Y avait pas moyen de trouver un compromis?

— Euh… non. Mais je pense pas que je devrais vous parler de ça.

— C'est si terrible que ça?

— Oui.

— Ben voyons, tu me fais peur. »

∎

Je m'amusais à étirer mon histoire. Claudine trépignait.

« Ben voyons, qu'est-ce que t'as pu y dire de si pire?

— Penses-y. L'affaire qui la tue…

— Je vois pas.

— Non? Je lui ai dit que Jacques voulait que je m'habille en homme pour être capable de.

— *Oh my god!* T'as pas dit ça?

— Oui, madame!

— Qu'est-ce qu'elle a dit?

— Rien. Elle a mis sa main devant sa bouche pour retenir un petit couinement, elle a ramassé ses affaires pis est partie en courant. J'suis restée assise, pis j'ai fini ma tasse d'eau chaude.

— Fait que là, elle doit penser que...

— ... ça vient de son bord, le chromosome du fif, exactement. Quin, la maudite!

— Elle va demander à Jacques si c'est vrai.

— Jamais de la vie, on discute de ça «de femme à femme», pas avec son fils.

— Tant pis pour elle, vieille grébiche!»

Quand nous avions annoncé, quelques années auparavant, qu'Alexandre se présenterait au party de Noël familial avec son amoureux, il y avait eu une petite commotion dans la famille (nous avions prévu le coup, d'où l'annonce faite préalablement à ladite famille). Comme l'entière lignée des Valois et des Garrigues était constituée de «gens normaux», selon l'évaluation généalogique de Blanche – aucune branche de l'arbre ne se tarissait jusqu'à présent –, la possibilité que «l'irrégularité» vienne de mon sang avait été évoquée. Jacques avait serré les dents et les poings pour essayer de défendre son fils et toute «la race des gens comme lui», mais l'escalade de propos acrimonieux échangés de part et d'autre nous avait forcés à revoir nos plans pour les fêtes de cette année-là. Nos visions du monde s'étaient heurtées dans un grand big bang générationnel qui avait fait beaucoup de dommages collatéraux. Pour ma belle-mère, l'homosexualité est une maladie aux racines encore inconnues, au même titre que les allergies. Devant une telle étroitesse d'esprit, je me suis un peu emportée. Mes paroles se sont mises au diapason de mes pensées: je l'ai traitée de «vieille crisse de bouchée», entre autres choses. Certaines des blessures infligées alors suppurent encore. Nos relations n'ont plus jamais été les mêmes après; elles ont pris la forme de ces vases rapiécés qui ne trompent personne, les lignes de rupture demeurent visibles, l'ensemble reste fragile.

Je n'ai jamais cherché à me venger, mais mon ex-belle-mère était venue ce jour-là m'en offrir la chance sur un plateau d'argent. Je l'ai saisie. C'est vrai, je lui en ai beaucoup voulu, et l'imaginer en train de se torturer pour comprendre comment elle avait pu engendrer un être hors norme m'apportait une délectable satisfaction.

En toute honnêteté, on avait fini par s'ennuyer ferme, au lit, Jacques et moi. Nous nous étions enlisés dans une mécanique qui nous faisait reproduire les mêmes gestes dans le même ordre, incessamment. Non, nous n'avions pas réussi à nous renouveler. L'essentiel de notre vie avait fini par prendre cette patine vernie par l'usure. Proposer du nouveau aurait été une forme d'aveu de cet ennui que nous n'étions ni l'un ni l'autre prêts à assumer. J'aurais eu peur de son jugement, si j'avais eu le courage de proposer autre chose, comme j'aurais eu peur de ses propositions, s'il avait osé en faire. Nous étions prisonniers de la force centrifuge de notre relation qui nous poussait hors de nous, lentement, insidieusement.

Pour me signifier qu'il avait envie de faire l'amour, Jacques me disait «Attends-moi, j'arrive bientôt», quand il voyait que je m'apprêtais à me coucher. Je suis plate, l'ai toujours été, et une fois la journée finie, je ne rêve que d'une chose: dormir. Si j'ai fait l'effort de repousser le sommeil dans les premières années de notre mariage, je m'abandonnais volontiers depuis longtemps à l'engourdissement dès qu'il se présentait. J'ai usé du sommeil comme d'autres se servent de la migraine. Je l'aimais de tout mon cœur, mon adorable mari, mais mon corps voulait dormir, il me le commandait avec force, je n'y pouvais rien. Et je savais qu'il n'aurait jamais eu l'indélicatesse de me réveiller pour se satisfaire. Toutes les femmes n'ont pas cette chance, les commérages au bureau me l'ont appris.

Alors non, nous ne nous étions jamais renouvelés sexuellement, pas plus avec un costume d'homme qu'avec celui d'une écolière. Nous traitions nos désirs comme des questions d'hygiène, par nécessité. Normal qu'il ait fini par chercher son «bonheur» ailleurs, mon «pas-de-*beat*» de mari.

Mais ça ne regardait pas mon ex-belle-mère, absolument pas. Qu'elle ait seulement pensé qu'elle avait un droit de regard sur ma vie sexuelle m'a mise dans une rage folle. Dès qu'elle a franchi la porte, je suis allée me confier à ma masse.

Une fois calmée, j'ai lu le texto d'Antoine : « Je t'aime, ma petite maman. »

14

Où je dis encore «oui».

«Tu penses que Jacques va revenir?

— Je sais pas, je dis ça de même.

— Je te pose la question sérieusement: est-ce que tu t'attends à ce que Jacques revienne?»

Elle portait un veston à col Mao qui lui donnait un air sévère. Dans ses mains, un stylo plume se balançait, comme un métronome, suivant le rythme de mes confessions. Peut-être qu'elle n'aime pas les stylos ordinaires, je ne le lui ai pas demandé.

«Diane?

— C'est pas impossible, ça s'est vu plein de fois.

— Donc t'espères qu'il revienne?

— Sincèrement... oui.

— Pourquoi?

— Parce que ce serait plus simple. Je pense beaucoup aux enfants là-dedans.

— Vos enfants sont partis de la maison.

— Oui, mais Charlotte va probablement revenir, elle vient juste de partir pour ses études. Pis on sait jamais pour les autres, les couples durent pas longtemps aujourd'hui. Ça va leur prendre une place où atterrir en cas de besoin.

— Jacques a pas nécessairement besoin d'être là.

— Ça ferait bizarre que leur père soit pas là, y nous ont toujours vus ensemble, c'est notre maison, je sais pas…

— Tu penses que tes enfants viendront pas si Jacques est pas là?

— Peut-être qu'y oseraient pas.

— Pourquoi?

— Je sais pas.

— Tes parents se sont séparés?

— Quand j'avais vingt ans.

— Tu vivais encore chez tes parents?

— Non, j'étais en appartement.

— Comment ça s'est passé avec eux?

— Plutôt mal.

Haussement de sourcils.

— Explique-moi, Diane.

— Mes parents ont vendu la maison, ma mère s'est retrouvée en appartement, au troisième étage d'un immeuble beige dans un quartier beige. Mon père est reparti à Sherbrooke.

— T'es retournée chez ton père ou ta mère après tes études?

— Chez ma mère, un mois. Le mois le plus triste de ma vie.

— Pourquoi?

— C'était triste… c'était pas chez nous, j'aimais pas ça, y avait aucun souvenir nulle part, pus de voisins, pus d'amis, pus de ruelle, ça sentait pas comme chez nous…

quand je me levais, la nuit, je savais pas où j'étais. Quand je voyais le stationnement par la fenêtre, j'avais juste envie de brailler.

— Ça te faisait pas ça en appartement?

— Non, c'était pas chez nous, je vivais avec des colocs, je savais que c'était juste pour un temps. Chez nous, c'était chez ma mère. Mais j'arrivais pas à me sentir bien chez elle. J'avais même pas de chambre. Je dormais sur un divan-lit dans le salon, la télé restait allumée toute la journée pour faire de la compagnie. Ma mère était tellement heureuse d'être là: "C'est ben moins d'entretien, ça m'en fait moins grand à torcher." Pour moi, c'était triste, juste triste.

— Hum. Est-ce que ça t'arrive d'envisager qu'y revienne pas?»

C'était un exercice fabuleusement difficile que j'évitais encore.

— Je sais que ce serait bien que je dise oui, mais non, j'y arrive pas encore.

— Qu'est-ce que tu ferais si y revenait?

— *Oh boy!...* je sais pas. Faudrait en tout cas qu'il m'achète une nouvelle bague, une maudite grosse bague!

— Grosse comme quoi?

— Grosse comme son gâchis.

— Tu pourrais lui pardonner?»

Je m'étais posé la question un million de fois. Mon pardon prenait plutôt la forme d'un long chemin de croix par lequel il rachetait ma peine. Je voulais qu'il souffre, qu'il s'accuse, qu'il rampe, qu'il me supplie, m'implore, se décompose à mes pieds.

«Peut-être, oui.

— Tu l'aimes encore?

— …

— Diane?

— Oui.»

15

Où je prends en grippe
les souffleuses à feuilles.

Les occasions de vengeance offertes par Charlène et
Blanche auraient dû m'apaiser; elles ont plutôt éveillé
en moi les fibres d'une irritabilité aiguë que je ne me
connaissais pas. Pas encore. Qu'elles aient été en dor-
mance ou qu'elles aient poussé à la faveur du départ de
Jacques revenait au même, donnait le même résultat: je
finissais par détruire quelque chose.

Jacques m'avait souvent reproché de ne pas savoir
relaxer; il avait parfaitement raison, je n'y arrivais pas.
C'est une mauvaise habitude que j'avais acquise en éle-
vant des enfants tout en travaillant à temps plein. Même
après leur départ de la maison, malgré les heures de
liberté qui m'étaient tombées dessus comme la manne,
je n'ai jamais réussi à changer de rythme. Je déjeunais
encore debout sur le coin du comptoir et me coinçais
un rendez-vous chez la coiffeuse entre les courses, le
ménage, les dossiers à finir, les anniversaires à organiser,
les coups de main à droite et à gauche. Tout mon temps
s'évaporait dans le zèle que je mettais à tout faire, comme

si j'avais peur du vide. Je continuais donc de m'émer-
veiller quand mes collègues parlaient des livres lus et des
films vus durant leur fin de semaine.

Alors maintenant, tant pour me prouver que je pouvais le faire que pour apaiser la rage qui m'habitait, j'avais
décidé de relaxer. J'étais prête à tout pour y parvenir, à
vivre dans la crasse comme à manger des plats congelés.
J'apprivoiserais le rien-faire coûte que coûte. Déjà, j'avais
récupéré mes mercredis soir.

Jeudi soir

Je devais éplucher l'ensemble du dossier Murdoch pour
trouver d'où venait l'erreur de commande faite au gros-
siste. En temps normal, je m'y serais vouée jusqu'à ce
que mort s'ensuive. J'ai plutôt choisi, ce soir-là, de me
commander du poulet en boîte et de le manger jusqu'à
la dernière frite, sans le moindre remords, installée sur
ma belle terrasse. Je n'ai rien fait d'autre que savourer
ce que je portais à ma bouche. Entre deux gorgées de
Château Margaux, puisé dans notre cellier encore rempli
de bonnes bouteilles qui prenaient de la maturité, je me
léchais les doigts pleins de sauce grasse et salée. Oui, un
sacrilège, un vrai. Seule ombre au tableau : M. Nadaud
avait entrepris de tondre son gazon et de tailler ses bor-
dures. À la retraite depuis longtemps, il aurait pu le faire
à n'importe quelle heure du jour – pendant que le reste
du quartier était au travail, par exemple –, mais il avait
choisi de « se nettoyer le jardin » en ma compagnie.

Après avoir gratté le fond de la boîte en carton (je
l'aurais léchée si j'avais été seule), je suis allée m'installer
devant la télé, avachie comme une adolescente en pleine

crise de paresse dans ma chaise papasan ; je n'avais toujours pas remplacé mon divan. Mes enfants étaient tour à tour passés par cette phase, je savais parfaitement comment faire. Antoine n'en était jamais réellement sorti.

Le vin aidant, je me suis amusée devant un film d'espionnage complètement débile où les méchants étaient laids, et les bons, beaux. Les fusils de ceux-ci, bien que plus petits, faisaient des ravages beaucoup plus importants que les armes de ceux-là. *Dans les petits pots les bons onguents.*

Vendredi matin

Je suis arrivée quelques minutes en retard pour honorer ma nouvelle résolution. Claudine m'attendait, tout excitée. Elle sautait et tapait des mains.

« Va voir sur ton bureau, t'as un gros sac surprise !

— En quel honneur ?

— Non ! C'est pas de moi !

— De qui ?

— Josée.

— Josée qui ?

— La secrétaire de Ji-Pi !

— Josy ?

— Son vrai nom, c'est Josée.

— Pour vrai ?

— J'ai son dossier d'employée.

— J'aime mieux Josée.

— On s'en fout, vite, va l'ouvrir ! »

J'ai à peine eu le temps d'avoir des papillons dans le ventre que je sortais du sac mes bottes bleues, magnifiquement lourdes. On avait mis une bouteille de vin dans chacune, en fait une bouteille de bulles et une bouteille de blanc. Il y avait aussi une petite carte que je me suis empressée de glisser dans ma poche.

« C'est les bottes que t'as données à Ji-Pi l'autre jour ?

— Ben oui, c'est juste mes bottes. Mes vieilles bottes neuves.

— Euh… pleines de beau jus !

— Je t'invite à boire ça.

— Quand ?

— Quand tu veux.

— J'ai les filles jusqu'à dimanche après-midi.

— Dimanche soir, c'est parfait ! Je mets ça au frais.

— On lit la carte tout de suite ou dimanche ?

— Quelle carte ? »

Puisque c'était de la folie, vu les dossiers que j'avais à terminer, j'ai pris congé l'après-midi pour profiter de la belle journée. J'allais sortir la papasan sur la terrasse et me rouler en boule dedans, enveloppée dans ma couverture d'alpaga, pour profiter du soleil et lire un peu en regardant les feuilles tomber. J'avais reçu deux douzaines de romans de mes enfants au fil des ans, que je n'avais pas trouvé le temps de lire. Mon cerveau avait besoin d'exercice. Probablement davantage que mon corps, ce qui n'était pas peu dire. J'ai fini par m'endormir. Le gazon des Nadaud sentait encore la tonte fraîche.

Vendredi après-midi

La carte de Ji-Pi, transférée dans la poche arrière droite de mes jeans, me brûlait la fesse. Elle ne pouvait pas contenir de grandes révélations, mais sûrement quelques mots gentils. Je retardais le moment de les lire pour faire durer mon bonheur, le laisser m'habiter un peu avant de le consommer. Pendant ce temps, M. Michaud avait entrepris de sabler, à la ponceuse électrique, son patio adoré. Il me semblait qu'il l'avait déjà entièrement repeint au début de l'été, mais j'avais peut-être confondu les maisons. Au moins, il s'y prenait au beau milieu de l'après-midi, en pleine semaine, je ne pouvais rien lui reprocher. La machinerie lourde s'en donnait déjà à cœur joie sur et autour de la 5412 qui venait d'être vendue, juste à côté. Je ne voyais pas ce que les nouveaux propriétaires comptaient en faire, mais les équipes de travailleurs étaient à pied d'œuvre dès 7 h tous les matins, depuis des semaines. Les *tâk-tâk-tâk!* des cloueuses électriques avaient bercé mes semaines de catalepsie post-bombe.

J'ai résisté à l'appel de la carte au fond de ma poche encore une heure avant de l'ouvrir. Presque une heure. Bon, quelques minutes.

« Merde ! »

Des pattes de mouche. Je suis retournée chercher mes lunettes à l'intérieur. C'était la première fois que je recevais un petit mot d'un autre homme que Jacques – et encore, le dernier remontait à si loin que je n'en avais aucun souvenir – et mes yeux étaient désormais trop vieux, trop fatigués pour les lire sans support.

Reprise de la cérémonie. Ouverture de la carte.

Elles te vont trop bien. Et tu as réellement de beaux yeux. À ta santé !
JP

Notre histoire n'irait jamais plus loin que ça, mais à ce moment, ce compliment tout simple me rendait folle comme un balai. Je n'entendais plus rien, ni la sableuse ni les marteaux piqueurs, j'avais « réellement » de beaux yeux et ça me suffisait. Je vivais là une renaissance qui n'avait coûté qu'un compliment. Seule ombre au tableau : je ne pouvais m'empêcher de penser que l'histoire de Jacques et Charlène avait peut-être commencé de cette façon. Faudrait que je revoie les derniers cadeaux offerts par Jacques.

Vendredi soir
C'est le froid qui m'a réveillée. Le froid et la tondeuse de M. Gomez, mon voisin de gauche. J'étais incapable de lui en vouloir, il m'avait beaucoup aidée à mettre au chemin les différents meubles que j'avais « déménagés » par la fenêtre dans les derniers mois, sans poser une seule question. Sa femme veillait au grain par la fenêtre de leur cuisine, elle aussi. Si ça se trouve, ils ont su avant moi que mon mariage allait à vau-l'eau. Je suis certaine que j'aurais appris des tas de trucs intéressants si j'avais mené une petite enquête dans le voisinage. Je me suis réfugiée à l'intérieur.

Jacques m'avait laissé un message sur la boîte vocale. Il voulait que je lui envoie un texto pour lui dire à quel moment j'étais disposée à ce qu'il m'appelle. Il ne voulait pas que je l'appelle, pour des raisons évidentes, disait-il. Alors bien sûr, je l'ai appelé. Une fois, deux fois, trois fois, dix fois, jusqu'à ce qu'il décroche.

« Diane, j'aurais préféré te rappeler à un moment qui nous aurait convenu, à tous les deux.

— Rien de grave, j'espère?»

Sérieusement, il aurait pu s'être cassé les deux jambes que ça ne m'aurait pas fait un pli. J'ai même souhaité qu'il ait au moins attrapé une grosse grippe, une petite pneumonie, un champignon de pieds virulent. Mieux, des verrues, des myriades de verrues.

«Non, rien de grave. Mais le moment est mal choisi. Est-ce que je peux te rappeler demain, par exemple?

— Non, ben non. Je serai pas là.

— T'auras pas ton cellulaire avec toi?

— Euh… oui, mais y aura pas de réseau où je m'en vais.

— Oh! Ça existe encore, des endroits sans réseau?»

Il était contrarié, ça s'entendait dans la mauvaise foi de son humour poche.

«Dis-moi donc ce que tu voulais, ça va être réglé.

— J'ai des gens à souper, j'aimerais mieux te rappeler.»

Bien sûr, vendredi soir, fin de semaine, amis, bon vin, plaisir, petite baise enflammée après le dessert. L'acide de mon estomac m'est remonté jusque dans les gencives. Quelles gens, d'ailleurs? Ses associés, nos amis, nos enfants? Ses nouveaux amis dans la jeune trentaine?

«Je te rappelle à mon retour.

— Quand?

— À mon retour.

— J'aimerais ça qu'on s'entende sur un moment.

— OK. Le 23.

— Le 23?

— On est quel jour aujourd'hui?

— Le 3.

— Parfait, le 23.

— C'est dans trois semaines! Tu pars tout ce temps-là?

— Oui.

— Où ça?

— Là où y a pas de réseau. Bon, je te laisse.»

Et j'ai raccroché. J'avais déjà démoli le buffet de la cuisine offert par mon ex-belle-mère. Si je m'attaquais à la table, je ne pourrais plus recevoir de «gens» à souper. J'ai relu la carte de Ji-Pi pour me ressaisir.

«T'as de beaux yeux, Diane, de beaux yeux. Pis des belles bottes.»

Je suis retournée dehors respirer un grand coup. Monsieur Nadaud chassait les trois ou quatre feuilles qui avaient eu l'audace d'atterrir chez lui avec sa souffleuse électrique. Il existe des règlements municipaux pour l'arrosage, il devrait y en avoir pour le soufflage des feuilles. Et un râteau fait toujours mieux l'affaire: il permet de ramasser, de rassembler, au lieu de pousser dans la rue ou chez les voisins. J'ai enfilé mes bottes bleues et suis partie me promener. Même si j'élaguais le surplus de meubles depuis des mois, je continuais d'étouffer dans cette maison pleine à craquer de souvenirs heureux qui me rendaient malheureuse.

Je n'arpentais plus les rues du quartier depuis longtemps. J'avais perdu l'habitude de marcher quand les enfants étaient devenus grands: nous les avions alors transportés en voiture aux quatre coins de la ville, Jacques et moi, le temps qu'ils apprivoisent le transport en commun. Puis ils s'étaient acheté leur propre voiture – sauf Charlotte, qui faisait de l'urticaire à la simple idée

de posséder un engin polluant – et s'en étaient allés chacun de leur côté, mais j'avais été incapable de me réapproprier mon quartier. Je dois même avouer une chose
terrible : je ne sais pas comment marcher dans les rues
sans poussette et sans but précis. Il y a quelque chose que
je ne maîtrise désormais plus dans la marche récréative.
Ce n'est pas simple d'aller nulle part.

Au coin de la rue des Lilas, la petite boutique du cor-
donnier était fermée. Je me suis approchée pour jeter un
œil à l'intérieur : il n'y avait que des tablettes vides et des
caissons de bois posés sur une épaisse couche de poussière. Sur la porte d'entrée, on pouvait encore lire « Nous
aiguisons les patins » sur l'affiche jaunie qui s'entêtait,
fidèle soldat, à tenir son rôle malgré la déroute générale.
C'est là que nous avions fait ressemeler nos souliers et
ajouter des trous à nos ceintures quand le confort nous
avait épaissi le tour de taille. À présent, je ne portais pratiquement plus de ceinture – la jupe cachait mieux mes
rondeurs – et je n'usais plus mes souliers. Mon tour de
taille pouvait le confirmer.

Trois coins de rue plus loin, je suis tombée sur le local
abandonné du club vidéo. Les murs étaient encore remplis de vieilles boîtes de films qui finissaient de perdre
leurs couleurs. La porte de la section secrète, tout au fond,
était ouverte. On avait réussi à faire croire aux enfants
qu'ils pouvaient devenir aveugles s'ils entraient là, jusqu'à
ce qu'Antoine s'y glisse à notre insu pour en ressortir en
criant : « J'ai vu une femme qui avait des lolos gros comme
ça, pis une autre qui mettait un pénis dans sa bouche,
pis… » Alexandre et Charlotte s'étaient bouché les oreilles
pour ne pas courir le risque de devenir sourds.

Avant que ma petite marche ne se transforme en visite de catacombes et ne gâche ma belle humeur, j'ai rebroussé chemin avec mes bottes aux semelles neuves et suis rentrée. Je trouverais sûrement un bon film sur Netflix.

Je me suis arrêtée devant le 5412 qui comptait à présent deux étages et demi. À 18 h 42, le chantier roulait encore à plein régime. J'ai mis les mains sur les hanches pour qu'on puisse comprendre, en me voyant, que je n'étais pas en train de m'extasier devant le cubé vitré qui s'élevait devant moi. Un homme casqué, bottes de travailleurs aux pieds, est venu me trouver. Comme tous les hommes qui tombaient dans la mode *mainstream* en prétendant la fuir, il avait trop de barbe et des formes bizarres imprégnées dans la chair des bras – c'est étrange, les tatoués semblent avoir toujours plus chaud que les autres, ils sont plus souvent en manches courtes. Au coin de sa bouche, un cure-dents se balançait en suivant ses contractions faciales.

« Bonjour, madame ! »

Bon départ, je n'étais pas une « petite madame ». Et lui, un bel homme.

« Bonsoir, monsieur.

— Est-ce que je peux vous aider ?

— Oui, sûrement. Je peux savoir ce que vous faites ?

— Euh... on construit une maison.

— Ah ! C'est bien de le préciser, je pensais que c'était un aquarium.

— Vous êtes une voisine ?

— Oui, le 5420, deux maisons par là.

— La vieille canadienne ?

— Exactement.

— Sympathique comme quartier.

— Oui, justement. En avez-vous encore pour longtemps?

— En gardant le chantier ouvert de soir, on devrait
finir dans quatre à six semaines. Faut qu'on ait levé les
feutres pour la mi-octobre au plus tard.

— Le soir? Dans le sens de…

— La ville autorise les chantiers jusqu'à 19 h.

— Tous les jours?

— Non, on va s'arrêter à 17 h le samedi pis le dimanche.

— La fin de semaine aussi?

— Ouep! Gros *rush*, deux équipes complètes.

— À partir de quelle heure, la fin de semaine?»

Il a regardé, toussoté un peu.

«Sept heures.

— SEPT HEURES!

— J'ai pas le choix.

— On s'en fout! C'est un quartier résidentiel!

— Je sais, madame.

— C'est quoi, le gros *rush*? Qu'est-ce qui se passe si
vous dépassez la mi-octobre?

— Le client sera pas content.

— Hon! Le client sera pas content… pis nous autres,
ses voisins? Y est prêt à faire chier tout le monde pendant des semaines pour entrer dans sa maison à temps?
Y couche dehors en attendant, votre millionnaire?

— Désolé, madame, c'était la date du contrat. On a
eu des imprévus, des retards de livraisons, des pépins.

— Justement! Ce serait normal que ça prenne plus
de temps que prévu!

— Y est dans son droit, madame. On respecte les heures de la ville.

— Son droit, mon cul! Pus capable d'entendre ça, j'ai le droit! Les droits, ça vient avec du savoir-vivre!

— Pour être ben honnête avec vous, je rentrerais volontiers chez nous prendre une bonne bière. »

Il a retiré son cure-dents et levé les épaules en signe d'impuissance. La spirale de feu et le dragon à trois têtes qui lui couvraient le bras se sont légèrement gonflés sous la poussée du muscle. Dans une trentaine d'années, ils pendouilleraient en un amas d'encre délavée sur sa chair fripée. Et son dragon aurait l'air d'un trio de crevettes.

« Vous y direz, à votre client, que le voisinage en a plein son casque de ces maudits travaux de marde. Pis qu'y vienne pas se présenter avec une tarte aux pommes quand y va emménager, je risque de l'attendre avec une masse! Qu'y se torche avec, sa maudite tarte!

— C'est noté, madame. »

J'ai pivoté de quarante-cinq degrés pour me remettre dans l'axe du trottoir et revenir vers ma belle maison canadienne construite au moment où le quartier n'était qu'un champ. À cette époque-là, les ouvriers auraient pu travailler toute la nuit qu'il ne se serait trouvé personne pour s'en plaindre. Quelques animaux, peut-être.

Les gicleurs électriques crachaient l'eau par saccades sur la pelouse verdoyante des Nadaud. Tant d'eau et d'électricité pour entretenir un bout de terrain qui agoniserait bientôt sous plusieurs pieds de neige et de glace. À quoi bon? Si le mythe de Sisyphe n'existait pas, je l'inventerais juste pour lui.

Depuis la cuisine, j'ai littéralement arraché les haut-parleurs vissés au mur – aidée d'un petit pied-de-biche – et les ai orientés vers l'extérieur, par la fenêtre ouverte. J'ai mis un disque de Florence K et me suis réinstallée dans ma papasan avec un verre d'aligoté pour admirer le foin qui croissait joyeusement dans ma cour. Au travers des longs fouets qui se balançaient sous le vent, des petites fleurs sauvages au feuillage ébouriffé s'étaient lancé le défi de pousser là. Avoir su que ce serait aussi beau, je me serais débarrassée de mon contrat d'entretien paysager bien avant.

Depuis le toit du 5412, où trois hommes déchargeaient des matériaux, le bellâtre qui m'avait reçu plus tôt m'a fait un petit salut de la main. Génial, s'ils étaient en train de construire une terrasse sur l'aquarium, c'en serait bel et bien fini de l'intimité dans ma cour.

Samedi matin

Je suis sortie dehors avec mon bol de café au lait sans lait – j'avais encore oublié d'en acheter. Monsieur Nadaud s'est alors avancé vers moi, d'un pas hésitant, après avoir lancé quelques regards aux rideaux de sa cuisine qui valsaient comme des algues. De deux choses l'une: ou il voulait s'excuser de faire autant de bruit dans la vie en général, ou il venait se plaindre de la musique que j'avais laissé jouer la veille jusqu'à 9 h. C'est le temps que j'avais mis à finir ma bouteille de vin.

« Bonjour !

— Bon matin !

— Vous allez bien, madame Valois ?

— Oui, et vous ?

— Bah! À part les genoux qui commencent à me faire des misères…

— À vous voir travailler comme vous le faites, on dirait que ça va plutôt bien.

— Ah! Le travail, ça garde jeune.

— Pis votre femme va bien?

— Oui, à merveille. Elle vous fait le bonjour. »

J'ai salué les fenêtres au hasard, sans trop savoir laquelle offrait le meilleur point de vue sur nous.

« Quel bon vent vous amène?

— C'est au sujet de… Ben, c'est un peu délicat…

— C'est à cause de la musique d'hier?

— Non! Non, non, c'était de la belle musique. On n'entendait rien dans la maison, de toute façon. Pis c'est ben votre droit.

— Bon, tant mieux. Je pensais que je vous avais dérangés.

— En fait, c'est à cause du gazon.

— Le gazon? Mais y est sublime, votre gazon. On dirait du faux tellement y est dru.

— Merci, c'est gentil. Mais je parlais plus… du vôtre.

— Mon gazon? Ha! Ha! Mon champ de foin?

— Oui, c'est ça.

— Je trouve ça joli comme ça, on se croirait à la campagne, non?

— Ah… euh… je voulais vous offrir de vous le tondre. J'ai tout ce qui faut. »

Sans blague, je n'avais pas remarqué. Sa voiture n'entrait plus dans le garage tant son attirail prenait de la place.

« Le tondre?

— Oui, un service entre voisins.

— C'est gentil, merci.

— Ça me fait plaisir.

— Mais je vais le garder comme ça pour l'instant.

— Ah… c'est que, en fait… ça…

— Ça vous dérange?

— Euh… ben… c'est que… oui.

— Pourquoi?

— C'est à cause des mauvaises herbes qui traversent de notre bord, le vent souffle le pollen pis toutes les mauvaises graines de notre côté.

— Mais y a pas une seule mauvaise herbe sur votre gazon!

— Non, parce que je les combats fort, mais c'est plus dur à côté d'un champ de foin. Pis les mauvaises herbes se font des racines pis traversent par en dessous…

— Là, j'suis désolée, mais c'est une question de goût: vous aimez le gazon, moi, j'aime le foin.

— Oui, je comprends ça, mais votre goût nuit au nôtre, si vous voyez ce que je veux dire.

— Oui, peut-être, mais votre goût, à vous, nuit à ma qualité de vie.

— À votre qualité de vie?

— Oui, avec la tondeuse, le Weed-Eater, les gicleurs, la souffleuse à feuilles, sans compter l'empoisonnement aux pesticides…

— J'ai pas le choix, à cause du foin!»

Il semblait complètement anéanti, comme s'il venait d'apprendre que Trump avait été élu président. Je ne le laisserais pas couper mon foin. Sa femme-rideau devait déjà deviner, à sa mine déconfite, qu'il revenait bredouille de notre entretien. Je l'avoue, ma mauvaise foi était totale. J'aurais très bien pu lui proposer un arrangement : vous coupez mon gazon si ça vous chante, mais vous sortez toutes vos machines entre 8 h et 18 h en semaine. Ça lui aurait donné une fenêtre d'une bonne cinquantaine d'heures par semaine pour bichonner sa moquette naturelle – il était interdit d'y mettre le pied, comme l'indiquaient les affichettes plantées à tous les dix pieds. À mi-chemin entre nos deux terrasses, il s'est retourné.

« Euh… pardon, madame Valois ? Pensez-vous garder la maison ou vous prévoyez vendre ?

— Delaunais ! Mon nom, c'est Delaunais. »

Samedi après-midi
Charlotte est venue me rejoindre au parc pour me donner un troisième cours de jogging. Sa patience et sa gentillesse n'en finissent plus de m'épater. Ils ont peut-être mélangé les bébés à la pouponnière.

« Aujourd'hui, on va continuer en alternant la marche et la course, mais on va réduire un peu le temps de marche.

— Je te suis, ma cocotte. »

Nous devions avoir l'air du couple classique : la vieille bourgeoise et sa jeune et belle entraîneuse. En réalité, j'étais ce que la jeune deviendrait dans vingt-cinq ans, trente-cinq livres plus tard. Mon double menton naissant n'était qu'une forme de prolongement du sien, encore taillé dans la chair ferme, anti-gravité. Je me trouvais à ce moment aussi laide que je la trouvais belle ; ceci me soulageait en partie de cela.

J'ai sué sang et eau pendant une vingtaine de minutes avant d'abandonner. C'est plus fort que moi, je n'aime pas la souffrance, ne l'ai jamais aimée, sous quelque forme que ce soit. Je ne la souhaite à personne. Ou presque (à ce chapitre, je suis comme tout le monde, je peux accepter l'idée de certaines souffrances méritées). Alors nous sommes revenues à la maison en marchant, bras dessus, bras dessous, faisant fi de la sueur et de tout ce qui aurait pu dégoûter deux étrangers.

Une fois à l'intérieur, j'ai eu droit à quelques réprimandes au sujet de mes derniers aménagements intérieurs.

« Maman !

— Hum ?

— Y est rendu où, le buffet ?

— Le buffet ?

— Oui, le beau buffet en bois d'érable de grand-maman ?

— Y était trop gros, je voulais aérer.

— T'as pas d'allure ! Faut que t'arrêtes ça ! Je l'aurais pris, moi.

— Ben voyons, t'aurais mis ça où, dans ton petit appartement ? Tes colocs en auraient pas voulu.

— Maman…

— J'ai été un peu contrariée par la visite de ta grand-mère l'autre jour. Fait que c'est ça qui est arrivé.

— T'as arraché les haut-parleurs !

— Je voulais écouter un peu de musique dehors. Impossible de relaxer avec des voisins hyperactifs de la tondeuse.

— Y avait pas d'autres moyens ? Fallait que tu les arraches ?

— Oui. »

Elle a soupiré doucement, réfrénant son envie de me gronder.

« Dis pas ça à tes frères.

— Y vont quand même finir par voir qu'y manque des morceaux un peu partout. Pis qu'y a des trous…

— Si on s'organisait un souper samedi prochain ?

— Samedi… euh, oui, ça marche pour moi.

— On va aux pommes dans l'après-midi, pis on se cuisine de la croustade aux pommes. Je fais un gros bouilli.

— Végé ?

— J'en ferai deux.

— Ouiii !

— On fera semblant qu'on fête l'Action de grâce !

— Mais les gars viendront pas aux pommes, tu les connais.

— Pas grave, deux pour ramasser une chaudière de pommes, c'est ben assez. »

Samedi soir

Je me suis fait une *omeletta natural*. C'est tellement plate pour un repas du samedi soir que je préfère le dire en espagnol. Et comme je ne voyais pas de quel vin accompagner ma galette aux œufs nature, je me suis rabattue sur une très raisonnable tisane. Ensuite, j'ai fait le tour de toutes les pièces de la maison en marchant le plus légèrement possible pour que rien ne bouge, même pas la poussière que j'avais cessé de ramasser. Mais les planchers des vieilles maisons canadiennes ne sont pas très accommodants côté discrétion, alors les souvenirs se sont mis à jaillir des craques, intraitables comme des mouches noires.

C'est la nuit, Jacques arpente la maison en chuchotant des comptines à l'oreille d'Alexandre qui s'entête à ne pas dormir. «Cet enfant-là va nous rendre fous.»

Dans la salle de bain, Jacques se rase en expliquant à Antoine qu'il faut avoir des poils pour le faire. Le petit gratte la mousse sur ses joues avec une cuillère à thé en plastique.

J'apporte des *grilled cheese* aux garçons qui construisent, avec leur père encore en pyjama, une super-structure en blocs Lego sur le plancher de leur chambre. On peut bien dîner où on veut, le samedi.

Jacques se bat avec un élastique à cheveux pour essayer de faire une couette à Charlotte. Je me cache pour rire sans être vue. Quand elle crie, on voit qu'il lui manque ses palettes d'en haut.

Il vente très fort, nous faisons l'amour, heureux que nos halètements se confondent avec la bourrasque.

Jacques pose sur mes épaules une couverture chaude et m'embrasse sur le front. Je garde les yeux fermés pour savourer la délicatesse de sa main qui descend le long de mon bras. Les nuits à veiller les petits qui attrapent la gastro à tour de rôle sont très longues. Quand arrive notre tour, nous n'avons plus rien à vomir.

Jacques tient Alex dans ses bras, en fermant les yeux comme s'il priait. On a craint le pire quand il a déboulé les escaliers comme un pantin désarticulé. Alex n'aimera jamais les manèges.

Jacques se masse les tempes blanchies devant le miroir de la salle de bain. Il a de grosses responsabilités au travail, de la taille de ses insomnies.

Je pleure dans la chambre de Charlotte parce qu'elle nous quitte à son tour. Jacques vient s'asseoir sur le lit, à côté de moi, et ses poumons se dégonflent lentement. C'est sa façon de pleurer, depuis toujours. Sa main enveloppe la mienne.

Je lave les lits des petits même s'ils ne sont pas sales. Je veux qu'ils sentent la vanille s'ils débarquent à l'improviste. Jacques me dit « Franchement, Diane. »

J'entre dans notre chambre déserte. Tout ce qui m'appartient a été transféré dans la commode et la garde-robe de la chambre d'amis. Mais je ne me suis pas assez méfiée, je me retrouve devant mon image dans le grand miroir derrière la porte. Je suis une femme en lambeaux, lacérée par les départs. Quand Jacques était encore là, les coutures tenaient bon. Lui parti, je me suis émiettée en particules de rien. Je me déteste corps et âme. Je suis toute seule. Je ne sais pas comment faire pour continuer.

« Franchement, Diane. »

Dimanche après-midi

Claudine a débarqué plus tôt que prévu, j'étais en train de lire dans ma papasan, bercée par la cacophonie des perceuses.

« Je sonnais en avant! Tu m'entendais pas?

— Ben non, y a un peu de bruit ici, comme tu peux le constater.

— *My god!* Y a plus de respect pour le jour du Seigneur en banlieue?

— Coudonc, t'es ben chic! »

Elle était habillée sexy-chic, tout en noir, avec une magnifique veste bleu-gris et des talons vertigineux. Elle s'était coiffée, maquillée, parfumée, « cutexée ».

« Tu t'es pas mise belle de même juste pour moi ?

— Juste pour toi.

— C'est trop.

— Tu le mérites.

— Les filles sont entre les mains du paternel ?

— *Oh yes !* Pas choquée de m'en débarrasser pour quelques jours. J'étais encore sur le point d'en étriper une.

— Je pensais que ça allait mieux ?

— Si je tiens pas compte du fait que j'ai eu un appel de la direction pour Adèle jeudi, pis que Laurie bougonne chaque fois que j'y demande quelque chose, ça va super bien. Je pense que c'est fini avec son *chum*.

— Déjà ?

— Ben oui. *Wow !* Belle cour.

— Style champêtre.

— C'est moins d'entretien.

— Pis c'est plus beau, non ? »

Elle s'est laissée tomber sur une des chaises de patio qui avaient heureusement eu le temps de sécher.

« Bon, on avait pas des bulles à boire, nous autres ?

— Y est 15 h 30 !

— C'est la meilleure heure pour les bulles. »

On a donc entamé la bouteille de mousseux en commençant par une séance de potinage de bureau. On s'est lamentées pendant une heure sur le manque d'organisation de la boîte, sur les incompétents, les secrétaires accoutrées comme des stars pornos, les problèmes de climatisation, la fermeture de Chez Joe, notre *snack* à patates préféré, la maladie de Jeanine, le congédiement de Suzette, alouette. Claudine en a profité pour me révéler

quelques secrets sur les dossiers en traitement aux ressources humaines. Je suis une tombe, elle le sait. Je n'irai
jamais répéter ou écrire le premier mot de ce qu'elle me
confie. C'est avec le plus grand étonnement que j'ai appris
que les problèmes de santé de Martha cachaient en fait
une intervention esthétique complexe : abdominoplastie
complète et augmentation mammaire. Sérieusement, ça
ne paraissait pas, beau travail. Claudine avait pris en note
les coordonnées du chirurgien, au cas où.

Nous commencions à être ramollies quand elle m'a
dit ce qui lui brûlait les lèvres depuis son arrivée.

« Bon, je veux voir la carte de Ji-Pi.

— Bof ! C'est pas intéressant.

— Mon œil ! Montre. »

Évidemment, avec son enthousiasme naturel pour
les choses de l'amour, Claudine y a vu tout ce qui n'y
était pas. J'avais non seulement des beaux yeux, mais des
belles jambes – compliment caché derrière le fait que mes
bottes m'allaient bien –, donc il me trouvait belle des
pieds à la tête et était probablement secrètement amoureux de moi, ce que révélait l'adverbe « réellement » dans
« t'as réellement de beaux yeux ». Il proposait de trinquer
« à ma santé », ce qui était une forme d'invitation, bien
que très indirecte, à prendre un verre avec lui un jour.
Toutes mes tentatives pour ramener l'événement des
bottes à un ensemble de circonstances étaient battues en
brèche ; il s'agissait du destin, une histoire inscrite dans le
Grand Livre dont la première page venait d'être tournée
et dont le dénouement serait assurément heureux.

« Stop ! Stop ! Y a pas de destin, Claudine, c'est toi qui
m'a envoyée le voir avec un dossier bidon parce que c'était

le seul homme que j'aurais peut-être voulu embrasser si : si pas de femme, si désir mutuel, si occasions propices, sans compter tous les autres *si* auxquels je pense pas.

— Le destin voulait que je t'envoie là.

— C'est moi qui t'avais dit que c'était le seul gars potable de la place !

— C'est le destin qui voulait que je te le demande pis que tu répondes ça.

— Pis y est marié, ton destin.

— Depuis quand le mariage empêche quoi que ce soit ? J'suis sûre que si on se donnait la peine de faire une étude sérieuse là-dessus, on se rendrait compte que les mariés trompent plus souvent leur conjoint que les pas mariés. Cent pour cent des femmes ici présentes le savent.

— Parlant de ça, Jacques m'a appelé vendredi. Ça avait l'air important.

— Non…

— J'y ai dit que je pouvais pas y parler avant le 23.

— Pourquoi le 23 ?

— Pour le niaiser.

— T'as bien fait.

— Je me demande ben ce qu'y me veut.

— Diane…

— Quoi ?

— Ça sent le divorce à plein nez.

— J'y avais même pas pensé.

— Les greluches veulent toujours se marier. »

On s'est laissées dériver dans le poison de notre cynisme jusqu'au fond de la bouteille de mousseux. C'est à ce moment que M. Nadaud est sorti, angoissé à l'idée que des feuilles mortes aient commencé à se décomposer sur son crisse de gazon. Il a branché sa souffleuse et s'est mis à l'ouvrage.

Alors je me suis levée, très calmement, j'ai piétiné mon foin, son gazon, j'ai empoigné le fil et j'ai tiré de toutes mes forces. La Black & Decker flambant neuve a poussé un dernier soupir avant de retourner à l'état d'objet inanimé. Bien que moins flamboyant, mon geste avait produit à peu près le même résultat que celui de Laurie aux funérailles: la fiche électrique s'était tordue en faisant des flammèches avant de céder. Voilà. Une affaire menée rondement en une dizaine de secondes. On pourrait continuer de boire en entendant bruire le foin sous le vent.

Claudine se tenait le ventre à deux mains tant elle riait, pendant que M. Nadaud me lançait des imprécations avec ses yeux méchants. Il n'avait pas une once de méchanceté, c'est tout ce qu'il parvenait à faire.

« Bon, qu'est-ce qu'on disait?

— T'es folle!

— C'est la faute à Laurie. J'suis influençable.»

La police n'est pas venue, le vin s'est laissé boire, M. Nadaud est allé se terrer avec sa femme pour préparer les funérailles de la souffleuse. Dans le pire des cas, il viendrait se venger en tondant mon foin pendant mon absence. D'une certaine façon, ça m'arrangerait. Les herbes folles sont un repaire de choix pour la vermine.

Le ciel était magnifique, le soleil de 17 h faisait rougeoyer tout ce qu'il touchait, le vin blanc était fabuleux, les fromages et les fruits, savoureux, le silence, merveilleux. Les gars du chantier du 5412 avaient même commencé à remballer leurs affaires. Branché sur la chaîne stéréo, le téléphone de Claudine crachait de vieilles tounes de Madonna que nous chantions avec nos voix haut perchées. Nous étions des *superstars*, des *virgins*, des *material girls* dans une banlieue qui n'existait plus.

«J'ai déjà fait une chorégraphie sur cette chanson-là. Je suivais des cours de ballet-jazz pis je voulais être danseuse, comme Irene Cara dans *Flashdance*.

— J'ai tellement tripé sur cette toune-là!

— Moi, je connaissais la chorégraphie par cœur. Attends, regarde ça.»

Après s'être débarrassée de ses talons hauts, Claudine s'est mise à danser comme Irene, en me prenant pour l'une des juges, comme dans la vidéo. Elle sautait sur place en pointant le pied et le poing, faisait des petits bonds en roulant la tête et a même tenté une *split* assez réussie. Sans le montage serré des images, c'était un peu moins impressionnant que dans le film, mais on sentait la maîtrise d'une mécanique qui ne s'improvisait pas. Le temps avait quelque peu alourdi les mouvements – déjà freinés par ses vêtements élégants –, mais la magie, pour moi, opérait complètement.

J'ai voulu crier quand elle s'est mise à reculer avec un peu trop d'enthousiasme, mais elle s'est retrouvée cul par-dessus tête, en bas de la terrasse, avant que le moindre son n'ait franchi mes lèvres.

Au sol, sur le foin aplati, Claudine se tenait les bras en hurlant des chapelets où certains objets d'église étaient surreprésentés. Deux gars du chantier d'à côté se sont pointés pour voir si tout allait bien. Ils avaient suivi la scène depuis leur perchoir. Mon tatoué était là, bien sûr.

Mais à voir la face crispée de douleur de Claudine, on allait devoir aller cuver notre vin dans une salle d'attente bondée plutôt qu'en offrant un verre à ces messieurs.

« Montrez-moi donc ça. C'est votre avant-bras qui vous fait mal ? »

Avec ses mains noircies, gercées, tailladées, il l'a délicatement soulevé, comme un bébé naissant, pour le regarder de plus près. Agenouillée à côté d'elle, dans une pause attendrissante, cette beauté sauvage détonnait dans le duo qu'ils formaient.

« Je peux pas le bouger… *arg*… câlisse… ça fait trop mal.

— Pis les doigts ?

— Ça bouge, mais *arg*… non… pas trop…

— Vous êtes tombée directement sur votre bras ?

— Ben oui, maudite innocente… *arghhh*…

— Ouin, moi, je prendrais pas de chance, j'irais faire des radios. »

Je ne pouvais pas conduire, Claudine non plus. Nous n'avions pas de têtes, pas de bras.

« J'appelle un taxi !

— On peut vous laisser à l'hôpital, je descends en ville.

— Diane, reste ici, tu vas perdre ta soirée. C'est plate pis long, l'hôpital.

— Justement, c'est plate pis long. Je viens.

— Apporte le vin, d'abord.

— Y en a pus.

— Bordel ! »

C'est comme ça que nous nous sommes retrouvées coincées sur le banc d'un pick-up chargé d'outils, à côté d'un bon Samaritain qui sentait juste assez fort le dur labeur pour masquer notre haleine de robineuses. Sur son bras, je voyais maintenant le fin fil du dessin : ce que j'avais pris pour des flammes étaient les cheveux d'une femme qui tempêtaient autour de son corps nu. On devinait, aux portions de chair visibles dans les interstices capillaires, que c'était une femme qui faisait du sport.

À l'hôpital, nous avons amusé l'infirmière avec le récit de notre soirée – nous y avions inclus le passage de la souffleuse à feuilles pour mettre un peu de couleur dans l'histoire. Elle ne savait pas du tout qui était Irene Cara, mais pouvait très bien imaginer l'affaire. Elle se demandait seulement pourquoi ce n'était pas moi, toute de mou vêtue, qui avait dansé.

« J'ai pas de *beat*. Je peux pas danser.

— Ah. »

Elle devait en voir défiler, des énergumènes. Elle n'a pas insisté.

« Donc, vous avez fait un faux mouvement.

— Non, une chute ! Une méchante chute !

— OK, chute. La hauteur, à peu près ?

— C'est haut comment, ta terrasse ?

— Bof, trois-quatre pieds.

— Quel type de surface ?

— Surface de départ ou surface d'arrivée ?

— D'arrivée.

— Foin, *pfff*…

— Foin ?

— Oui, heureusement !

— Vous êtes passée par-dessus le garde-fou ?

— Y en a pas.

— Dommage.

— En effet.

— Allez vous asseoir, on va vous appeler au tri. »

Une heure plus tard, l'infirmière du tri prenait ses signes vitaux avant d'immobiliser son bras à l'aide d'une attelle. Et nous avons grossi le bataillon des malades-blessés de la salle d'attente, tous luttant contre la douleur et l'ennui à coups de feuilletons télévisés avec pas de son et de revues passées date.

Une femme est entrée sur une civière en hurlant. Son corps était maintenu par des sangles et sa tête tournait de droite à gauche avec violence, comme un arroseur oscillant à haute vitesse – c'est M. Nadaud qui m'avait dit comment ça s'appelait. C'était difficile de savoir si le mal dont elle souffrait venait de l'intérieur ou de l'extérieur. Tout le monde a soupiré dans la salle : son cas serait prioritaire. La souffrance rend égoïste.

« Une crise de démence ?

— Bah, peut-être juste un gros mal de ventre.

— Un ulcère à l'estomac.

— Une péritonite.

— Des pierres aux reins. »

La femme qui occupait le siège juste à côté de nous s'est jointe à notre conversation.

« Peut-être qu'elle a vu son *chum* tuer ses enfants à coups de couteau. »

Nous n'avons rien ajouté. Sa petite phrase venait d'inoculer l'horreur dans nos esprits, l'indicible horreur, celle qui arrache la langue et le cerveau. J'ai jeté un œil dans sa direction pour voir de quoi elle souffrait, elle.

Mais ça ne se voyait pas. Comme pour à peu près tout le monde dans la salle. D'instinct, je me suis rapprochée de Claudine.

Plus tard, beaucoup plus tard, bien après la désintégration du dernier atome de vin blanc dans notre sang, Claudine s'est mise à parler en regardant devant elle, comme si l'angoisse de l'attente l'avait amenée à faire des révélations intimes.

« Je m'habille toujours chic quand je vois Philippe. Comme y fallait parler d'Adèle aujourd'hui, je savais qu'y aurait le temps de me regarder.

— T'es sérieuse ?

— Hum hum. »

Ses yeux de belle femme forte flottaient dans l'eau.

« Claudine, merde…

— Je sais que tu peux me comprendre. Malheureusement. »

Elle continuait d'y croire. Comme moi. Deux femmes pathétiques en train de dessoûler dans un hôpital décrépit. Il fallait qu'on se sorte de là.

« Donc, ça fait longtemps que t'as pas *frenché*, toi aussi…

— *Pfff…* »

Elle s'est mise à rire-pleurer, laissant ses larmes finir de répandre ce qui lui restait de mascara.

« Bon, donne-moi un nom de gars que tu *frencherais*, vite vite, sans penser.

— N'importe quel médecin qui passe.

— Homme ou femme ?

— Pourquoi pas. »

■

De nombreuses heures plus tard.

« Tu faisais du plongeon pis du ballet-jazz en même temps ?

— Pis du patinage artistique, de la gymnastique, de la peinture, du violon, alouette.

— Tabarouette ! Pis tu fais pus rien de ça ?

— Non.

— Pourquoi ?

— J'étais bonne dans rien. J'aurais dû lire Heidegger. »

16

Où je renverse du café.

La secrétaire de Ji-Pi était tout feu tout flamme, chargée à bloc pour la nouvelle semaine qui commençait.

« Est-ce que je peux t'aider ?

— Non, je passais juste lui dire un petit bonjour. Je repasserai.

— Y est à Toronto jusqu'à mercredi.

— Ah ! Pas grave, je repasserai jeudi.

— Y va m'appeler en fin de journée pour un topo de la journée, je vais lui dire que t'es passée. C'est à quel sujet ?

— *(C'est pas de tes affaires, maudite mémère.)* C'est au sujet d'un petit bonjour, juste de même.

— Tu préfères peut-être lui écrire ?

— *(Si je fais ça, tu le sauras pas.)* Je verrai.

— Dis-le-moi si je peux lui faire suivre quoi que ce soit.

— *(Doigt d'honneur.)* Merci. »

J'étais en pleine détestation de cette femme quand mon téléphone a vibré. Le détective privé que j'avais engagé quelques semaines plus tôt voulait me voir pour me remettre les documents de la phase un de son enquête. Quand nous nous étions rencontrés, il m'avait proposé de fonctionner par tranche de dix-huit mois pour voir venir les mauvaises nouvelles et ne pas sauter dans la «fosse à purin» tout d'un coup. Il avait la métaphore du cochon facile et donnait du «maudit verrat» à tout propos. Quand on passe sa vie à fouiller dans la merde des autres, c'est probablement inévitable.

Je lui ai donné rendez-vous au Café, un boui-boui sympathique situé près du bureau, qui misait sur l'excellence du café, comme l'indiquait son nom. Il suffirait que je m'éclipse à la pause, en prétextant une affaire pressante. Puisque je devais lui verser la deuxième moitié du montant sur lequel nous nous étions entendus pour cette première phase (plus une prime pour avoir les documents papier, dinosaure que je suis), il s'est empressé de me répondre qu'il y serait.

Henri Deraîche est arrivé à 10 h 15, pile-poil. Je le soupçonne de s'être caché en attendant l'heure juste, pour dorer son blason d'homme fiable et précis. La première fois, il était aussi arrivé à l'heure exacte, souriant et décontracté, à mille lieues du stéréotype du détective privé. Il n'avait rien du flic fini alcoolique en trench-coat beige fripé, mais tout du *geek* capable de craquer n'importe quel système informatique. Il avait ce jour-là peigné son toupet en une vague bien léchée, mais avait omis de nettoyer ses croutes d'yeux derrière ses lunettes épaisses. En format 10X, ce n'était pas très joli.

J'aurais aimé qu'il me remette une chemise contenant deux ou trois feuilles résumant en gros caractères la non-culpabilité de Jacques et le blanchissant sur toute la ligne; en toute sincérité, vu le cas Charlène, j'appréhendais quelques révélations vitrioliques qui, si elles risquaient peu de me surprendre, ne m'en feraient pas moins souffrir. Mais dans la vraie vie, le détective m'a tendu une enveloppe contenant un gros document que mes mains ont presque aussitôt lâché.

«Ça peut pas être mon document.

— Vous êtes bien Diane Delaunais?

— Oui.

— On s'est rencontrés le 29 août dernier pour convenir des recherches à faire? Votre ex-mari s'appelle Jacques Valois, associé au bureau Brixton, Valois et associés?

— Hum.

— C'est votre document. Ici, c'est la facture et les derniers honoraires à régler, prime papier incluse. Vous pourrez voir le détail des heures et des recherches effectuées au début du document.

— Mais je comprends pas, pourquoi le document est si gros?

— C'est surtout les courriels qui prennent de la place.

— Les courriels?

— Oui, la retranscription des courriels.

— Des courriels de quoi?

— Je vais vous laisser en prendre connaissance par vous-même. Quand vous jugerez le moment opportun.»

Dans l'enveloppe qui gisait devant moi, et que nous regardions à présent tous les deux, Jacques conversait avec des gens, probablement des femmes. Si je l'ouvrais, leurs voix grinceraient dans ma tête comme des ongles sur un tableau noir et mettraient les derniers dix-huit mois de mon mariage en charpie. Ce n'était qu'une première tranche, un premier coup de couteau, mais une mort quasi certaine. Les voyages d'affaires, les congrès, les parties de golf et les rencontres tardives se sont mis à défiler dans un manège étourdissant. La bave du mensonge et des petits complots quotidiens devait souiller ces pages que je ne trouverais jamais la force de lire.

J'ai réussi, mécaniquement, à sortir mon chéquier, à écrire un montant en lettres et en chiffres, à signer mon nom, Diane Delaunais. Je n'ai pas voulu de reçu.

« Pour la phase deux, on pourrait y aller par tranches de temps plus importantes… madame Delaunais ?

— …

— Oui ?

— Hum… je… non. Je vais vous recontacter.

— Oui, je comprends. Je vous laisse penser à tout ça. Vous savez comment me joindre.

— Oui, merci. »

Il s'est levé, a esquissé un pas, puis est revenu vers moi.

« Euh… je sais pas si ça peut vous consoler, mais c'est vraiment pas un des pires dossiers que j'aie eu à monter.

— Ça me console pas, non.

— Désolé. »

Il a quitté la place sans rien ajouter, me laissant seule avec un grand sachet empoisonné capable d'anéantir ma vie. L'illusion que j'en avais eue jusque-là, du moins. J'avais un pouce de feuilles bien tassées pour jeter une lumière crue sur mon aveuglement des derniers dix-huit mois. Je ne m'en relèverais peut-être pas.

Mon temps de pause était depuis longtemps écoulé quand le serveur est venu me demander si je désirais prendre autre chose. J'ai essayé de sourire, mais je devais avoir une mine épouvantable parce qu'il s'est contenté de baisser les yeux et d'aller essuyer une autre table, sans insister. Il a dû croire que le détective était mon amant et qu'il venait de me larguer.

J'ai envoyé un texto à la secrétaire de mon département pour lui dire que j'avais été retenue et que j'arriverais dès que possible. C'était la toute première fois que je lui demandais de me couvrir. Elle ne m'a pas demandé pourquoi.

« Tout est beau ici, prends le temps qu'il faut. »

J'ai bu une gorgée de café froid en laissant mes yeux vagabonder d'une table à l'autre. À l'une des tables du fond, tout près de l'arbre naturel qui poussait là – je n'ai jamais compris comment, d'ailleurs –, j'ai reconnu M. Dutronc, le directeur de la division exportation. Il ne traînait que très rarement dans nos bureaux, puisque son travail l'appelait à voyager un peu partout pour établir des ententes commerciales. Depuis que j'y étais, la compagnie avait triplé son chiffre d'affaires grâce aux tentacules qu'elle avait fait courir aux quatre coins du globe ; nos paies étaient sensiblement restées les mêmes. Les contacts de la plupart des employés avec la direction se limitaient aux imbuvables discours dont elle nous abreuvait tous les trimestres, lors des déjeuners-rencontres organisés pour nous aider, entre autres choses, à maintenir notre cote ISO. Pendant ces happenings trimensuels – si douloureux qu'on disait plutôt trimenstruels –, je me distrayais des phrases creuses des patrons aux poches pleines en me bourrant de viennoiseries.

Monsieur Dutronc, dont le surnom se devine aisément, parlait avec beaucoup d'animation à une jolie jeune femme – trop jolie, trop jeune – que j'ai fini par reconnaître : c'était l'une des deux nouvelles stagiaires présentées lors du dernier déjeuner-rencontre. Si je ne me rappelais plus à quel département elle était rattachée, je me souvenais de son prénom, Gabrielle, car c'est celui que j'aurais donné à Charlotte si Jacques m'avait laissée choisir. La pauvre enfant devait être en train de se taper la longue liste de ses exploits commerciaux qu'il racontait toujours, comble de l'horreur, dans un enrobage de métaphores d'un goût plus que douteux. Les clients étaient avant tout des personnes qu'il fallait séduire, charmer, conduire sur les chemins du plaisir en les suçant ! – « N'ayons pas peur des mots, bon Dieu ! » – pour chercher à les entraîner au bord du coït, d'où il serait facile de les amener à nous confier leurs affaires. La satisfaction des deux parties se concluait d'ailleurs par l'échange de liquides – « Ha ! Ha ! Liquides, liquidité… ». Ducon, donc. Mais tant qu'il ne sévissait qu'avec des mots, même si je le trouvais pathétique, il était inoffensif. Là, en train de mettre en œuvre son charabia avec une jeune fille vulnérable, lui en position d'autorité professionnelle, il m'inquiétait beaucoup plus.

J'ai continué de les regarder discrètement, pour mieux comprendre ce qu'ils faisaient là. Gabrielle acquiesçait de la tête à tout ce qu'il disait, enroulait nerveusement sur son doigt une mèche de ses cheveux, regardait son téléphone frénétiquement, grattait ses ongles, ses lèvres, la paume de sa main gauche, le coin de la table, bref, rongeait son frein, souffrait. J'avais envie de me lever, de lui tendre la main, de lui dire : « Viens-t'en, ma belle, on sort d'ici. » Ma fibre de mère hurlait à fendre l'âme.

Si Charlotte avait été coincée dans pareille souricière, je crois que j'aurais arraché les yeux de son interlocuteur.

J'en étais donc là dans mes pensées quand j'ai vu la main gluante du gros pervers couvrir sa main blanche, à elle, comme une nuit noire. À la tension que la petite mettait dans son bras, on devinait qu'elle cherchait à se défaire de son emprise. Sentant qu'elle allait peut-être y arriver, il a rabattu son autre main pour la prendre en étau et la forcer à lever les yeux vers lui. Je me suis levée d'un coup : « LÂCHE-LA TOUT DE SUITE ! Elle a pas envie de se faire taponner par un vieux, un vieux crisse comme toi. Tu pourrais être son grand-père ! Essaie pas, tu me fais pas peur avec ton cash pis tes avocats véreux. JE T'AI FILMÉ, DUCON, T'ES DANS LA MARDE ! Les réseaux sociaux, connais-tu ça ? Être toi, je chierais dans mes culottes, parce que le jour où on va se mettre à gratter le vernis de ton petit personnage de trou de cul, on va se rendre compte que t'es pourri jusqu'à l'os. Y a des tonnes de journalistes qui se feraient un plaisir de remonter la filière de tes abus de petit minable, c'est ça qui fait vendre les journaux, astheure, c'est triste de même. T'as dû en flatter des petits culs depuis trente ans... Fait qu'écoute ben comment ça va marcher à partir de tout de suite : tu touches plus JA-MAIS à un seul atome de cette fille-là, pis d'aucune autre fille d'ailleurs, C'EST PAS DANS TON DROIT ! Si j'apprends que tu fais du tort à cette fille-là, je vais m'arranger pour faire rouler ta tête, pis c'est à peine une métaphore. Tout ce que t'as le droit de faire en sortant d'ici, c'est de répandre la bonne nouvelle à tes tinamis aux mains trop longues : le temps où la job était un *open bar* est fini, champion, FI-NI ! »

Je donnais des coups d'index sur la table à m'en briser les phalanges. Une syllabe, un coup de doigt, un point d'exclamation, un coup de doigt. Je ne me suis même pas arrêtée quand mon ongle s'est cassé.

« Madame ?

— ... *(TA GUEULE ! C'EST MOI QUI PARLE...)*

— Excusez-moi, madame ?

— Oh ! »

En me levant, j'avais projeté ma chaise sur le dos. Le fond sirupeux de ma tasse de café renversée traçait une droite brisée sur ma table avant de plonger vers le sol. Les gens autour de moi faisaient deux choses : ils me regardaient fixement ou essayaient de ne pas me regarder. Une valve de sécurité s'était déclenchée quelque part dans mon cerveau pour que mon corps ne laisse pas fuir les mots. J'avais peut-être tout de même murmuré, difficile de savoir. En tout cas, j'ai eu l'air de ce que j'avais pris l'habitude d'avoir l'air, d'une folle.

Le patron avait rapatrié ses mains. Il m'a regardée sans me voir, moi, l'employée anonyme. J'ai desserré un peu les dents et suis sortie. Ça me faisait ça de plus à me reprocher : ma lâcheté.

En rentrant au bureau, Lyne m'attendait avec impatience.

« La comptabilité a rappelé au sujet du dossier Murdoch. Y ont l'air d'insister.

— Oui, c'est vrai, je m'en occupe. Merci.

— On a reçu les propositions de couleurs pour les nouveaux bureaux, regarde ça. Moi, je trouve que le beige vire sur le rose, pis que le bordeaux est trop foncé. »

J'ai choisi le jaune verdâtre caca d'oie, la plus horrible de toutes ; j'avais envie de faire du mal à mon bureau. Pour proposer des laideurs pareilles, les patrons devaient avoir des amis dans l'ameublement qui cherchaient à se défaire de lots de bureaux invendables. Des tinamis qui faisaient des grosses factures pour des petits retours d'ascenseur.

Une fois dans mon bureau, je me suis affalée sur ma chaise. En s'emparant de mon corps, la fatigue nerveuse venait de me scier les deux jambes. Dans ma main tremblotante, l'enveloppe de la honte pesait des tonnes. Je me suis mise à détester le détective qui l'avait remplie en fouillant dans ma vie, dans celle de mon mari, dans ses bassesses mal dissimulées. Il était censé laver mon honneur, me le restituer intact en quelques phrases expéditives, bien disposées dans un rapport rassurant. Mais il était allé fouiner dans ce que je ne voulais plus savoir. En écrasant l'enveloppe de tout mon poids, j'ai mesuré la hauteur de la pile de feuilles : un pouce. Je l'ai décachetée pour tâter le papier. Épaisseur normale, pas de couverture cartonnée, un pouce de douleur sur du papier ordinaire en partie recyclé. J'ai remballé le tout.

Claudine était restée à la maison avec son beau plâtre tout neuf. Son bras fracturé ne l'empêcherait pas de travailler, mais elle prenait un peu de repos pour se remettre de ses émotions. Je l'ai appelée pour prendre de ses nouvelles et lui raconter comment j'avais réussi à ruiner ce qu'il me restait de vie en l'espace d'une pause-café. Je n'y peux rien, je suis une femme plate mais efficace.

17

Où je regarde l'enveloppe
et mange de la tarte aux pommes.

De retour chez moi, j'ai délibérément laissé l'enveloppe dans la voiture. Je voulais réfléchir à ce qui se passerait si je l'ouvrais. J'avais besoin de tâter les parois de l'abîme avant de m'y jeter.

Il était près de minuit quand je suis sortie en robe de chambre pour aller la chercher, terrorisée à l'idée qu'un voleur tombe dessus et se mette à étaler ma vie de cocue sur les réseaux sociaux. Je n'avais aucune idée de ce que contenait cette foutue enveloppe. C'est là que j'ai vu les Nadaud dans leur cuisine, éclairée comme en plein jour. Ils mangeaient, avec quelque six heures de décalage par rapport à la norme. Malgré le froid et ma tenue inconvenante, je suis restée plantée dans mon stationnement à les regarder manier couteau et fourchette pour découper leur nourriture. Des êtres humains ordinaires mangeant normalement dans une scène des plus étranges. Il fallait que j'aille voir ça de plus près. J'avais l'excuse parfaite.

C'est M. Nadaud qui est venu répondre.

« Bonsoir !

— Bonsoir.

— Je tenais à m'excuser pour la souffleuse à feuilles. Je vais vous la remplacer.

— Ce sera pas nécessaire, je l'ai bizounée un peu pis à marche comme une neuve.

— Ah! Tant mieux! Mais je m'excuse quand même d'avoir tiré dessus comme une sauvage, j'ai pété les plombs…»

Sa femme venait d'apparaître derrière lui. Elle tenait le col de son chandail comme le font les dames d'un certain âge qui ont peur de prendre froid.

«C'est correct, on le sait que vous filez pas fort de ce temps-là, c'est pas drôle ce qui vous arrive, on comprend ça.

— C'est gentil.

— Excusez-le, lui aussi, y est tellement fatigant avec son gazon, c'est une vraie maladie. Moi, j'aurais fait comme vous, madame Valois… oh! s'cusez, vous avez dû reprendre votre nom de fille.

— J'ai jamais pris celui de mon mari. Le mien, c'est Delaunais. C'est pas grave.

— Prendriez-vous une petite pointe de tarte aux pommes? Je viens de la sortir du four.»

Et c'est comme ça que je me suis retrouvée dans la cuisine des Nadaud, à 0 h 13, en robe de chambre, en train de parler météo et de manger de la tarte aux pommes. J'avais l'impression de jouer dans une scène de film surréaliste, à la David Lynch. Si leur chat s'était mis à parler, je n'aurais pas été étonnée.

«Vous aviez oublié quelque chose d'important dans votre voiture?

— Oui, un dossier.

— Dans une enveloppe brune? Ha! Ha! S'cusez.

— Non non, est bonne! Mais c'est pas de l'argent, c'est un dossier top secret.

— Faut pas prendre de chance avec les voleurs, surtout si c'est top secret.

— Je peux vous poser une question indiscrète?

— Oui.

— Est-ce que vous mangez toujours aussi tard?»

Ils se sont lancé un regard gêné, comme si je venais de leur demander quelque chose de vraiment intime, s'ils partageaient encore leur lit, par exemple.

«Depuis un bout de temps, oui. C'est venu petit à petit, après notre retraite.

— On s'en est pas vraiment aperçus.

— Comme on avait plus de raison de se lever, on a fini par étirer ça de plus en plus tard.

— Pis par se coucher de plus en plus tard. Vu qu'on peut maintenant enregistrer les émissions, on les écoute quasiment toutes.

— Vous suivez les séries américaines?

— Oh oui! On est dans *Games of Thrones* de ce temps-là.

— On passe notre temps à se demander ce qui va se passer.

— Fait que les jours sont devenus des nuits, pis vice-versa.

— Une vie d'ados, finalement?

— Peut-être, oui. On a pas eu d'enfants.

— Pis on travaillait déjà, quand on était ados.»

Ils ont regardé leurs mains, le plancher, puis sont revenus à la table, comme si leurs pensées avaient besoin de faire un chemin de croix avant de pouvoir être exprimées.

« J'ai été obligée de me faire enlever l'utérus l'année de notre mariage.

— Pardon. J'suis désolée.

— Y a pas de mal. Ça fait longtemps. »

On sentait, à la façon dont les mots tombaient, qu'ils avaient été prononcés trop souvent, jusqu'à se vider de leur sens.

« S'cusez la robe de chambre, c'est pas ben chic, j'étais déjà couchée quand j'ai pensé à… au dossier.

— S'cusez nos habits de semaine, sont pas ben chics non plus. »

Je me suis alors souvenue que les Nadaud avaient cette étrange habitude de porter toujours les mêmes vêtements selon les jours de la semaine. Il était facile d'établir leur calendrier. C'est Alexandre qui m'avait fait remarquer ça dès les premiers temps de leur arrivée, une quinzaine d'années auparavant (avec le profit réalisé en vendant leur maison en ville, ils s'étaient magasiné un coin de banlieue tranquille en prévision de leur retraite). Ce jour-nuit là, ils en étaient aux « habits » du lundi : pantalons gris et chandails marine pour tout le monde. Les hauts et les bas, bien que très différents, étaient toujours de la même couleur. Question lavage, ça devait être très pratique ; question goût, fallait repasser. De plus, la taille de leurs vêtements n'allait pas du tout : ou ils avaient engraissé sans s'en rendre compte ou leurs vêtements avaient rapetissé au séchage. Mais dans une scène improbable où des voisins réconciliés discutent en pleine nuit d'un utérus perdu jadis, autour d'une tarte aux pommes, on se fout complètement des vêtements.

« En fait, je venais aussi vous dire que j'accepte votre proposition pour le gazon. Ça m'aiderait beaucoup. Mais je tiens à vous payer.

— Pas question ! Ça va me faire plaisir ! C'est un service entre voisins. »

C'est faux : j'étais venue me camper coûte que coûte sur ma position quant au foin, mais cette tarte partagée dans un univers de solitude abyssale avait fait fondre mon entêtement. Même si je déteste profondément ce mot, je crois que c'est celui qui convient : j'ai eu pitié d'eux. L'ennui, épais comme du goudron, engluait leurs mouvements et leur voix. Tout était terne et gris autour d'eux, du petit bibelot de chat au tableau représentant un bouleau dans une morne plaine, fixé sur un mur beige. Dans quelques années, on les retrouverait momifiés dans leur cuisine, dans des habits de semaine ennuyeusement assortis, complètement délavés. Et moi qui leur avais fait des misères pour du gazon.

Dans le froid mordant de la nuit qui m'attendait dehors quand je les ai quittés, je me suis sentie drôlement vivante. Je suis même restée un moment au milieu de mon foin, en fermant les yeux pour me projeter loin dans l'espace et le temps, au milieu d'une plaine sauvage. La chaleur retenue par mes vêtements fuyait doucement, molécule par molécule. Si je restais bien tranquille, sans opposer de résistance au vent, je me désintégrerais peut-être jusqu'à ce que mes os saupoudrent le décor d'une pellicule neigeuse. Disparaître ainsi, ce serait bien. Aussi facile que seraient difficiles les recherches pour me retrouver. Je serais partout et nulle part.

Durant les jours qui ont suivi, j'ai caché l'enveloppe en différents endroits, croyant que j'arrêterais d'y penser si je l'enfouissais toujours plus profondément dans le ventre de ma maison. Après avoir essayé toutes les penderies, le fond des armoires, la sécheuse, les matelas, les bibliothèques, les classeurs – suivant cette logique qu'une feuille n'est jamais mieux cachée que dans une forêt –, j'ai fini par trouver l'endroit idéal, même un peu trop parfait : dans le trou que j'avais fait par «inadvertance» dans le mur du salon en mettant mon divan en pièces. J'ai roulé l'enveloppe pour la glisser dans le trou. Une fois passée, elle s'est redéployée avant d'aller choir quelques pieds plus bas, entre deux montants du mur. À moins de défoncer le mur jusqu'au plancher, il me serait impossible de la récupérer. Et comme les enfants s'amenaient samedi, ce n'était pas le temps de faire de nouveaux aménagements.

■

Ji-Pi est revenu au bureau jeudi, comme prévu. Josée-Josy s'est levée pour me recevoir.

«Bonjour, Diane !

— Bonjour, Josée !»

Une grosse ride d'agacement est apparue entre ses yeux beaucoup trop maquillés. Elle ne voulait pas de son vrai nom, ça se voyait. Je souriais le plus naturellement du monde, pour jouer à l'innocente. Je savais fouiner, moi aussi.

«Jean-Paul est de retour ?

— Oui, mais, là, y est au téléphone. Veux-tu repasser plus tard ? Aimes-tu mieux l'attendre ?

— Non, merci. »

Et le beau Ji-Pi de se pointer dans le cadrage de la porte au moment où je tournais les talons.

« Allô ! Tu venais me voir ?

— Juste si t'as deux minutes.

— Josy, voudrais-tu prendre les messages pour les prochaines minutes ?

— Hum hum.

— Merci. »

Une fois assise dans son bureau, il m'a semblé qu'il aurait été préférable que je lui envoie seulement un message.

« Merci pour les bulles et le vin. Vraiment, c'était trop.

— J'aurais pas dû ?

— C'est ça, t'aurais pas dû.

— Ça m'a fait plaisir, vraiment. Je savais pas si t'aimais le vin.

— Ah oui, beaucoup, beaucoup. Je les ai bues avec Claudine.

— Claudine ?...

— Des ressources humaines, Claudine Poulin.

— Ah ! Oui. Chouette fille.

— Oui, vraiment. On a fini à l'hôpital après les deux bouteilles...

— Hein ? Trop soûles ?

— Non non, oui, un peu, mais c'est une longue histoire... tu connais *Flashdance* ?

— Euh... comme dans *What a Feeling!*

— Tu connais ça ?

— Ben oui !

— C'est une affaire de filles, ça!

— Justement, j'aimais beaucoup les filles à cette époque-là, donc «j'aimais» ça.

— *Wise*, le gars.

— Mais pourquoi l'hôpital?

— Claudine s'est fracturé l'avant-bras en tombant.

— …»

Il avait incliné la tête de quarante-cinq degrés et tourné ses paumes vers le ciel, côté «pleut-il?».

«Tu te rappelles la danse de la fille qui saute partout?

— Oh oui! C'est la fille qui reçoit un seau d'eau avant de faire une danse poteau…

— Euh… oui, mais je parle du bout qui se passe dans le gymnase, avec les juges.

— Oui oui, je m'en souviens. La fille est toute en sueur pis elle pointe les juges…

— Exactement! Tu te rappelles du bout où la fille recule en pointant du pied…

— Ouin…

— Imagine ça sur une terrasse pas de garde-folle.»

Il s'est pris la tête à deux mains avant de lancer sa tête vers l'arrière pour laisser monter un grand rire guttural. L'air se promenait dans le corps de cet homme-là avec une fabuleuse liberté. Je l'imaginais très bien attablé avec des *chums*, autour d'une bière, en train de jouer aux cartes ou de regarder un match de hockey. Le genre de bon vivant qu'on croise dans un 5 à 7 et qui se fout des filles qui le dévorent des yeux entre deux cacahouètes. Pendant qu'il riait de bon cœur, je me suis mise à fixer ses lèvres roses jusqu'à me retrouver, dans ma tête, à portée de *french*. Je m'approchais doucement, le feu au ventre, mes lèvres parvenaient aux siennes au moment où nos têtes s'inclinaient légèrement dans des sens opposés et nos langues, chaudes, humides, assoifées...

« Diane ?

— Hum... oui ?

— Ça va ?

— Oui, oui, merci. S'cuse-moi, j'suis fatiguée, on est revenues tard de l'hôpital.

— Écoute, j'suis désolé pour Claudine.

— Tu devrais pas, on a voulu jouer aux ados, on s'assume. Dans pas longtemps, on va en rire.

— Vu de même.

— Tu passeras signer son plâtre quand elle reviendra, c'est son premier à vie, est tout excitée. Mais garde l'histoire pour toi.

— Inquiète-toi pas. »

Il s'est levé pour me raccompagner à la porte, en vrai gentleman. Quand son bras droit s'est élancé vers la porte, sa main gauche s'est tout naturellement posée sur mon épaule ; son corps, l'espace d'une belle et longue seconde, a enveloppé le mien. Il ne portait pas de parfum. Je voulais tellement que le temps se fige et me permette de rester encore un peu blottie contre lui, que je me suis arrêtée net.

« Merci pour la carte.

— C'était un compliment sincère, je voulais que tu le saches. »

Je respirais beaucoup trop vite. J'aurais bientôt besoin d'un sac en papier si je ne sortais pas de là.

« Bye.

— Salut, Diane. »

Une fois au quatrième, j'ai jeté un œil dans le corridor : personne. J'ai enlevé mes souliers et j'ai couru jusqu'à mon bureau. J'ai même refait le trajet aller-retour plusieurs fois. Je comprenais mieux ce que Claudine voulait dire en parlant de tremplin.

« Tu me croiras pas.

— Tu t'es mise dans le trouble ?

— Non, c'est positif !

— Raconte, on verra.

— J'suis allée voir Ji-Pi, comme tu me l'as conseillé. Je l'ai remercié, pour le vin, pis pour la carte...

— Tu y as pas raconté notre soirée ?

— Non, pas toute la soirée, j'ai juste dit qu'on avait fini à l'hôpital. De toute façon, avec ton plâtre...

— Pour quelle raison ?

— Ben... à cause de...

— Non. Pas à cause de...

— D'un faux pas que t'as fait.

— En faisant quoi ?

— Euh... en dansant.

— DIANE ! Tout le monde va se payer ma tête !

— Mais non, voyons, personne va le savoir.

— Allô, Houston ! C'est sûr que ça va se savoir !

— C'est pas grave...

— Pas pour toi !

— Bon, t'es choquée ?

— C'est parce que j'avais prévu raconter que j'étais tombée de l'échelle en enlevant les feuilles dans les gouttières, une affaire de même.

— C'est ben plate, comme histoire.

— Oui, mais se péter la gueule en se pensant dans *Flashdance*, c'est cave.

— Mais non! Pis j'ai dit à Ji-Pi de rien dire.

— Peu importe! Continue ton histoire.

— Y s'est rien passé, mais y est venu me reconduire à la porte de son bureau, pis son bras a presque touché le mien…

— Pis?

— J'ai eu chaud. J'étais comme… émoustillée.

— C'est ça, ton histoire?

— Ben oui, plate de même.

— Émoustillée comme dans « excitée »?

— C'est un peu fort, mais oui, genre.

— Pis lui?

— Quoi, lui?

— Y avait l'air émoustillé?

— Ben non, c'était juste dans ma tête, ça!

— Quand même, sous-estime pas la force de l'énergie sexuelle, y a dû sentir quelque chose.

— Je m'imaginais juste en train de l'embrasser, je le chevauchais pas.

— Peut-être, mais y a senti quelque chose, c'est sûr.

— Dis-moi pas ça, je vais être gênée quand je vais le croiser.

— Diane, à partir du moment où t'es allée le voir avec un dossier bidon, à moins d'être le dernier des gnochons, c'est sûr qu'y a compris quèque chose.

— Tu penses?

— T'as eu combien de *chums* avant Jacques?

— Je sais pas.

— Montre à matante Claudine avec tes doigts.

— UN? Tu me niaises?

— Plus une fréquentation. Un et demi.

— OK, le petit tremplin, c'est vraiment une bonne affaire pour toi. On *keep focus on the frenchage.* T'as raison, c'est positif. Y se passe quelque chose. »

18

Où l'on peut considérer
que certaines choses sont parfaites quand
elles sont aux trois quarts complètes.

Comme l'avait prédit Charlotte, nous nous sommes retrouvées seules aux pommes, puis au fourneau. Profitant de l'absence des autres, nous avons revu la disposition des meubles et des cadres, histoire de camoufler les trous causés par mes maladresses et la déchéance des haut-parleurs. Certains aménagements nous ont demandé beaucoup d'imagination.

« Dominic va venir souper ?

— Je sais pas, y risque de finir tard, mais c'est sûr qu'y va passer dans la soirée.

— Pis comment ça va, vous deux ?

— Pas pire.

— Juste pas pire ?

— Ben… y a fréquenté une fille l'automne passé, ça me fait suer.

— Mais vous étiez plus ensemble.

— On venait juste de se laisser.

— Peut-être qu'y cherchait à t'oublier ?

— Avec une maudite folle de même?

— Charlotte, les ex sont toujours des maudites folles. C'est ben accommodant.

— Non non, elle, c'est une vraie folle.»

J'étais la folle dans l'histoire de Charlène.

«Pour le trou dans le salon, qu'est-ce que tu penses du gros bahut pour le cacher?»

Alexandre et Justin se sont pointés pile-poil à l'heure suggérée, 18 h, avec un bouquet de fleurs et du vin minutieusement choisi pour rehausser le goût du bouilli végé ou pas. Ils étaient rasés de près, habillés avec goût et élégance, comme toujours. On ne sentait leurs parfums, savants mélanges d'épices et d'écorce boisée, qu'au moment de les embrasser. Et comme toujours, ils portaient de magnifiques chemises colorées, à cent lieues de la mode *hipster*. Quand ils entraient dans une pièce, la lumière prenait la teinte de leurs coloris. Alexandre est le portrait tout craché de son père et sa beauté s'épanouit en remodelant certains des plus beaux traits de Jacques. L'Homme de ma vie ne me quittera jamais tout à fait.

Comme il fallait s'y attendre, Antoine et Malika ont débarqué en trombe, en retard et en sueur. Mon fils avait trouvé chaussure à son pied en cette fille qui, tout comme lui, vivait apparemment dans une dimension où le temps s'écoulait en accéléré; ils manquaient toujours désespérément de temps pour tout faire, même s'ils n'avaient encore ni enfant, ni animal, ni plante. Ils arrivaient toujours à la course, en s'excusant – ce n'était jamais leur faute –, habillés comme on peut l'être quand on fait tout à la dernière minute, sans la moindre organisation. Les phrases d'Antoine commençaient toutes par «J'ai pas eu le temps, mais… ». Je me suis souvent demandé comment je pourrais leur dire qu'il fallait au moins donner un coup de fer à repasser quand on faisait le choix de porter une chemise, mais à défaut d'avoir trouvé une formule polie et non intrusive, j'ai fini par laisser passer. Contre toute attente, ils étaient tous les deux parvenus à finir un baccalauréat, à se trouver du travail et à le garder. Ils allaient de la même façon, j'imagine, réussir à faire des enfants et à les élever. Je me tenais déjà prête pour les débordements dus au manque de temps, comme une bonne grand-mère moderne. J'envisageais de me mettre au tricot.

Même si le bonheur de les avoir tous avec moi ce soir-là m'a presque fait oublier que j'étais malheureuse, chacun de leurs gestes empressés me le rappelait, chacune de leurs petites attentions cachait mal leur envie de me faire du bien, de me consoler. D'ailleurs, aucun d'eux ne m'a fait de commentaires sur les meubles manquants ou déplacés, même si le gros bahut de l'entrée a fini à la place de feu notre divan, au beau milieu du salon, défiant visiblement toute forme de bon goût. On me servait de l'eau, du vin, des canapés, comme si je n'avais plus de jambes. On me tendait une nouvelle serviette de table chaque fois que je me salissais les doigts. Je crois qu'on m'aurait accompagnée aux toilettes si je l'avais demandé. J'étais une victime, la mère abandonnée dans la maison familiale, celle qui restait derrière. Leurs yeux pesaient sur moi comme des chapes de plomb que j'essayais de repousser à coups de sourires et d'anecdotes amusantes pour leur montrer que j'allais bien. Les histoires de souffleuse à feuilles et de bras cassé ont bien diverti mes aidants naturels.

Nous nous apprêtions à passer à table quand Dominic s'est pointé. Je n'ai jamais compris ce que Charlotte lui trouve. C'est un gars gentil, dévoué, mais un peu mou, comme s'il avait une ossature en caoutchouc. Du temps, lui, il en a. Il lance du «mollo» à tous ceux qui parlent ou bougent trop vite à son goût, se déplace comme s'il voulait ralentir la marche du monde, ce qui produit généralement sur moi l'effet contraire : il me stresse. Mais comme les goûts de Charlotte ne me regardent pas, je me contente de soutenir ma fille dans sa relation tourmentée avec lui.

C'est par ailleurs un ardent défenseur des animaux. Il travaille au front, sillonne la région à bord de sa camionnette pour recueillir les animaux signalés. Il ramène de tout : des tourterelles, des chiens, des serpents, des lémurs, des tarentules, alouette. Quand on lui en donne la chance, il peste contre la cruauté et la barbarie du genre humain. Certaines de ses histoires sont très convaincantes et peuvent même couper l'appétit. Ce côté sauveur, je l'avoue, a son charme.

Je me suis un peu inquiétée quand je l'ai vu entrer avec une cage. Il nous ramenait peut-être un truc venimeux, un lézard sans queue, un hamster aveugle sans pelage. Une chose sensible et forcément maganée.

«Allô, Dominic !

— Salut, Didi !»

Je n'ai jamais eu besoin de lui demander de me tutoyer. Il m'a servi du «Didi» dès notre deuxième rencontre.

«Bon, qu'est-ce que tu nous rapportes aujourd'hui ?

— Attends, maman ! Attends ! Laisse-moi t'expliquer quelque chose avant.»

Charlotte s'est précipitée vers nous, a attrapé la cage et l'a déposée à ses pieds en cachant le grillage pour qu'on ne puisse pas voir ce qu'il y avait à l'intérieur. J'ai eu très peur. Elle tenait à ce qu'on l'écoute avant de regarder.

Sans trop nous surprendre, elle nous a raconté l'histoire d'un chat qui se fait frapper par une automobile, qu'on croit mort, mais qui ressuscite dans le sac où on l'a jeté. Le chat déchire le sac et tente de revenir chez ses maîtres, mais ceux-ci ont la peur de leur vie : ils ont vu le film *Pet Sematary*, d'après Stephen King, et croient que le chat est un genre de zombie revenu d'entre les morts pour les tuer. Ils veulent donc qu'on vienne le chercher pour l'euthanasier, car le chat, gravement blessé, refuse de quitter leur balcon. Dominic va le chercher, promet de le faire piquer (un mensonge pour que les propriétaires puissent dormir tranquilles) et le ramène au refuge. Le vétérinaire de garde accepte de le soigner et lui donne une deuxième vie. Ou une deuxième série de neuf vies, la science n'est pas encore parvenue à se brancher là-dessus.

« Le chat est maintenant guéri, c'est un beau petit mâle d'à peine un an. Y est castré, vermifugé, vacciné. Pis y est adorable, super colleux, super doux...

— Yééé ! Un chat !

— On veut le voir, on veut le voir !

— Sors-le ! »

On ne peut pas le nier, Charlotte est une fille intelligente. Elle savait très bien que la seule façon de m'imposer un chat serait de le faire devant tout le monde, au moment où je ne pourrais ni m'emporter ni tenter d'argumenter sans me faire bombarder de contre-arguments

tous raisonnables et sensés. C'est bien connu, la zoothé-
rapie fait un bien fou aux malades.

Charlotte a doucement ouvert la porte et le chat s'est
avancé, un peu effrayé par la présence oppressante de la
petite foule massée autour de la cage. Je n'ai pas tout de
suite compris ce qui n'allait pas avec ce chat, son pelage
gris et noir rendait confus ses mouvements.

« Hon ! Y a juste trois pattes !

— Oh ! Pauvre tit !

— Hein ?

— Hon… »

Il ne suffisait déjà pas que ce soit un chat, il fallait
en plus qu'il n'ait que trois pattes. Sa difformité était à
la fois attendrissante et dégoûtante. Si je l'avais mis dans
un sac-poubelle en le croyant mort, je n'aurais pas aimé
le voir en sortir. Il a fait quelques pas hors de la cage et
s'est arrêté, déposant son demi-arrière-train sur le tapis,
comme un bibelot cassé.

« Hoooon ! Trop *cute* !

— *Wow !* Le beau petit chat !

— C'est quand même un peu dégueulasse.

— Antoine, franchement !

— Je trouve ça bizarre.

— Vous allez voir, y est super fin ! »

Charlotte m'a souri avant de me murmurer : « Inquiète-
toi pas, je repars avec tantôt. » Elle a subtilement détourné
les yeux quand je lui ai demandé ce qu'en penseraient ses
colocs.

Je ne suis pas allergique aux chats, ni aux chiens ni
à rien d'ailleurs – j'ai une légère intolérance aux souffleuses. Si nous n'avons jamais eu d'animaux du temps

des enfants, c'est parce que Jacques trouvait qu'ils compliquaient inutilement la vie. Il déteste les poils qui se plantent dans les tissus, se glissent dans la bouffe et forment des boules qui roulent sous les meubles. Je n'ai jamais insisté. Jusqu'à l'arrivée de Charlotte, j'avais même oublié que j'aimais les chats.

Steve – oui, c'est son nom, sans blague – n'a plus posé l'une de ses trois pattes par terre de toute la soirée ; il aurait pu être un chat-tronc que ça n'aurait rien changé. On se donnait presque des numéros pour avoir son tour de le prendre. Le souper s'est transformé en soirée de contes dans lesquels les chats étaient à l'honneur. Grâce à Facebook, tout le monde connaissait – ou subissait – des tonnes d'histoires de chats. Entre les histoires de bébés trop mignons avec une forme de cœur entre les deux yeux se glissaient celles d'accouchements de chattes dans la litière, de chats cons coincés sous le capot d'une voiture ou dans le tuyau d'échappement, de superchats qui avaient sauvé un enfant, une femme, un chien, alouette. Quand Malika a raconté que la grand-mère d'une amie avait tué deux bébés chats en déboulant les escaliers – ils aimaient se coucher sur le tapis des marches de la descente du sous-sol –, j'ai ri à en pleurer, malgré le drame et la moue scandalisée de Charlotte, ma grande sensible de future vétérinaire.

La conversation a ensuite tout naturellement glissé sur la vie de chacun, avec son lot de bonheurs et de petits malheurs. Ça faisait longtemps que je ne m'étais pas sentie aussi bien. L'air atteignait enfin le fond de mes poumons, le petit bout inaccessible depuis quelques mois. Ce serait bon pour la course.

Quand mes grands étaient petits, je m'émerveillais chaque jour de les retrouver en vie à la fin de la journée. Ils auraient pu se faire frapper, enlever, blesser, mais non, suivant mes désirs les plus chers et mes prières adressées au dieu du hasard, ils m'étaient toujours revenus intacts, à quelques égratignures près. Maintenant que leur destin m'avait en partie échappé, cette peur viscérale s'était doublée d'une forme de reconnaissance ; je savais que j'étais fabuleusement chanceuse de les voir vieillir. Vingt-cinq ans plus tard, autour de la même table, les petits riens de nos vies continuaient de nourrir notre folklore familial qui gagnait de nouvelles voix avec les couples qui se formaient. Et qui se déformeraient un jour, immanquablement. Je n'avais jamais été aussi émue devant ma propre table. Bon, dans un monde idéal, il n'y aurait pas eu de cellulaires, mais les défauts ont ceci de bien qu'ils permettent de mieux voir les qualités du reste.

Nous n'avons pas parlé de Jacques ni de ce qu'impliquerait la scission de la cellule souche ; l'organisation des fêtes, des événements spéciaux et des visites deviendrait un casse-tête. On passerait le pont quand on y serait. Pour l'instant, nous n'étions pas prêts à court-circuiter le fragile équilibre de notre nouvelle vie. Ils souffraient, eux aussi, forcément, et ils auraient besoin de temps pour apprendre à se faire une nouvelle banque de souvenirs, à nous aimer dans des tableaux séparés. Pour combler l'absence de Jacques à la table, ce soir-là, j'avais remplacé son couvert par le pain, le beurrier, les fleurs, les bouteilles de vin, le pichet d'eau. Je retrouvais là l'espace perdu avec la disparition du buffet de sa mère. Tout était parfait.

Quand est venue l'heure de partir, Alexandre et Justin m'ont serrée très fort, en sandwich, sans dire un mot, ce qui m'a quand même mis la larme à l'œil. Antoine m'a dit qu'il viendrait s'occuper de la cour dès qu'il trouverait le temps de le faire – je ne lui ai rien dit pour M. Nadaud, je voulais qu'il croie que je comptais sur lui – et Charlotte y est allée de la grande classique.

« Est-ce que je peux te laisser le chat un peu, juste le temps que j'en parle aux filles ?

— Me semblait aussi...

— C'est parce qu'y a fallu que je le prenne tout de suite, y voulaient le mettre en adoption, tu comprends...

— Mais oui, je comprends, laisse-le-moi le temps que tu t'organises.

— Merci maman ! Merci ma petite maman ! T'es fine, t'es fine, t'es fine ! »

Petite, elle nous avait ramené tout un tas d'animaux plus ou moins malcommodes, plus ou moins puants, parfois trouvés – tourterelle, mulot blessé trop mignon, bébé écureuil tombé d'un nid, etc. –, d'autres fois donnés par des amis – chien, chat, lézard, furet, etc. –, et dont nous avions dû nous débarrasser par des ruses et des entourloupettes qui l'avaient chaque fois blessée. Son choix de la médecine vétérinaire n'a étonné personne.

« Dominic a de la bouffe pis une litière dans le camion.

— OK, vous aviez monté tout un plan !

— Si tu dis que tu peux pas ou que tu veux pas, c'est correct, je vais m'arranger.

— Comment ?

— Euh...

— C'est correct, ma cocotte. Pis c'est juste pour un temps, comme tu dis.

— Oui oui, je le prends dès que les filles me donnent le *go*.

— Est-ce qu'y peut monter les escaliers ?

— Oui, c'est un peu long, mais y est capable. Y se déplace comme un chat normal.

— Est-ce qu'y prend des médicaments ?

— Non, y est guéri, c'est bien cicatrisé. Surveille quand même, mais tout est beau.

— Y fera pas pipi partout ?

— Non, y est habitué à la litière.

— Pour la nourriture, combien je lui en donne ?

— Y a une mesure dans le sac, tu lui en donnes une le matin pis une autre le soir.

— Mais si je rentre pas un soir ?

— Oh ! As-tu quelque chose à nous annoncer ? »

Son visage s'est illuminé, ses petites mains se sont jointes en prière. Elle aurait vraiment aimé que j'aie une bouée de sauvetage. Mais je ne pouvais pas lui avouer que j'avais eu chaud quand Ji-Pi s'était approché de moi pour m'ouvrir la porte, elle m'aurait prise en pitié. Et je ne voulais surtout pas lui avouer ce que je croyais dur comme fer à ce moment-là : je n'aurais jamais plus de vie amoureuse.

« Je vais manger au restaurant avec Claudine, des fois.

— Ah ! C'est pas grave, mets deux mesures le matin, dans ce temps-là.

— Y va dehors ?

— Non, pas encore, y lui manque un vaccin.

— De toute façon, y se ferait bouffer tout cru.

— Mais non, y est super futé. »

Quand ils sont partis, ma cuisine reluisait comme si j'attendais des acheteurs potentiels. J'avoue, l'empathie de mes enfants pour ma condition de victime présentait certains avantages.

Steve le chat m'a suivi à l'étage, s'est couché sur le tapis moelleux de la salle de bain pendant que je me démaquillais, s'est ensuite glissé avec moi dans mon lit, sur mon oreiller, en ronronnant. J'ai regardé de très près la cicatrice sans poil de sa patte perdue pendant qu'il me léchait le front. J'ai su, à la minute où il s'est roulé en crevette dans mon cou, que tout ça n'était qu'un piège dans lequel j'étais tombée comme une débutante.

« T'aimes ça, t'appeler Steve ?

— …

— C'est pas un nom pour un chat, Steve.

— …

— On va essayer autre chose. »

J'ai mis trois jours à lui trouver le nom idéal. Trois jours pendant lesquels le piège s'est doucement refermé sur moi : j'avais hâte de rentrer pour retrouver mon trois quarts de chat.

« Chat de Poche. Parce que tu me suis comme un chat de poche. T'aimes ça ?

— …

— Pas grave, c'est ton nom pareil à partir de maintenant.

— …

— Un nom avec une particule, t'es pas mal chanceux. »

Et c'est comme ça que j'ai commencé à parler aux animaux.

« Pis ?

— Mais non, je l'ai pas ouverte encore.

— Ben voyons ! Prends-la pis ouvre-la tout de suite.

— Je peux pas, je l'ai mise dans le mur.

— Comment ça, dans le mur ?

— Je l'ai pliée pis je l'ai foutue dans le trou du mur, dans le salon.

— Va la chercher !

— Je peux pas, le trou est à peu près à trois pieds de haut pis l'enveloppe est tombée dans le fond.

— Si tu rentres ton bras, tu peux pas l'atteindre ?

— Non. Faudrait agrandir le trou vers le bas.

— Agrandis-le. De toute façon, va falloir que tu fasses refaire ce bout de mur là.

— Je peux pas.

— Pourquoi ?

— Parce que le gros bahut est devant le trou.

— Pousse-le.

— Je peux pas toute seule, y pèse une tonne.

— Comment y est arrivé là ?

— Charlotte m'a aidée, hier soir.

— OK. T'es vraiment décourageante.

— J'suis pas prête. J'ai pas la force.

— OK, on ferme ce dossier-là pour l'instant. As-tu rappelé Jacques ?

— Non, j'ai dit le 23.

— Mais t'es pas curieuse ?

— Curieuse de quoi ? Pour le divorce ?

— Peut-être que c'est pas ça.

— Si y avait l'intention de me reconquérir, je le saurais.

— Euh… oui. »

Si je lui avais dit que je n'en avais pas encore fini avec mes ridicules espoirs de son retour, elle serait venue chez moi défoncer le mur avec son plâtre.

« Ça va me faire chier, ce qu'y veut me dire, c'est certain.

— Bon, t'as raison, ça presse pas. On se voit demain.

— Tu reviens déjà ?

— Les dossiers doivent s'empiler sur mon bureau depuis la semaine passée. J'aime mieux revenir avant de plus être capable de rattraper mon retard. Pis y m'ont câlée pour une grosse réunion ben importante. »

19

Où je découvre que certains abysses sont sans fond.

Le lendemain matin, au bureau, Johanne, la secrétaire de mon département, m'a accueillie avec des grosses rides verticales au milieu du front. La géométrie faciale de cette femme m'a toujours beaucoup impressionnée.

« Y a quelqu'un qui a appelé plusieurs fois pour toi. Quelqu'un qui veut absolument te parler. J'ai pas voulu donner ton numéro de cellulaire.

— Tu voyais pas son nom ?

— Non, *private caller*.

— Un homme ? Une femme ?

— Une femme.

— Une femme ? T'as pas reconnu la voix ?

— Non.

— Jeune ou vieille ?

— Ouf ! Dur à dire. Entre les deux peut-être ? Elle a dit qu'elle allait rappeler. »

Il y avait une jolie poignée de femmes qui me détestaient à présent. J'ai regardé le téléphone beige de mon bureau brun qui serait bientôt bordeaux – le caca d'oie n'avait pas été retenu : un seul vote. Suivant les conseils de Claudine, j'essayais de chasser mon angoisse en pensant à quelque chose de positif. Je me suis revue en train de faire la paix avec mes voisins autour d'une pointe de tarte. J'ai pensé au bras de Ji-Pi, à notre soirée bouilli réussie, à mon Chat de Poche.

Quand la sonnerie a retenti, j'ai saisi si brusquement le combiné que la base du téléphone a fait un vol plané de l'autre côté de mon bureau, me forçant à me coucher sur mes dossiers pour éviter que le serpentin caoutchouteux étiré au maximum ne coupe le contact en faisant sauter la prise.

« Oui ! Diane Delaunais à l'appareil !

— Bonjour.

— BONJOUR !

— Faudrait que je vous parle.

— Vous êtes ?

— Est-ce qu'on peut se donner rendez-vous ?

— Euh… oui, quand ?

— Le plus tôt possible.

— Tout de suite ?

— Oui, je suis libre.

— Je vous attends, je suis à mon bureau.

— Je préférerais qu'on se rencontre ailleurs.

— Ailleurs ? Ça va être compliqué pour moi.

— On peut se voir plus tard, après votre journée de travail, si vous voulez.

— Non ! Je vais m'arranger. Y a un petit café qui s'appelle Café, boulevard René-Lévesque, juste à côté d'ici.

— Ça me va.

— Je peux être là dans dix à quinze minutes.

— C'est parfait. »

Et la femme d'un âge incertain a raccroché sans prendre le temps de me dire qui elle était ni comment nous allions faire pour nous retrouver. Elle connaissait mon nom, pour le reste, on s'arrangerait, j'imagine.

« Johanne, j'ai besoin que tu prennes les messages. J'ai rendez-vous avec la femme pas de nom.

— Celle du téléphone de ce matin ?

— Oui.

— A t'a pas dit son nom ?

— Non.

— Où ça ?

— Au Café, à côté. Si j'suis pas revenue d'ici une demi-heure, envoie la police.

— Penses-tu que c'est dangereux ?

— Ben non, je blague ! Y est 9 h 15, pis on se voit dans un café bondé. »

N'empêche, en me dirigeant vers la femme mystérieuse, j'ai eu le temps de me conter des peurs. J'avais l'horrible pressentiment que l'enveloppe, malgré tous les stratagèmes dont j'avais usé pour l'éviter, allait s'ouvrir d'elle-même.

Claudine était en réunion. Je lui ai tout de même laissé un texto pour lui dire que j'allais à la rencontre d'une femme peut-être tueuse en série. Ça ferait une personne de plus pour s'inquiéter si je ne ressortais pas du Café vivante. Je me voyais déjà dans une baignoire, un rein en moins.

Dans le café, mes yeux sont presque tout de suite tombés sur la femme en question ; elle se tenait droite, calme, sans bouger, les mains croisées devant elle.

Contrairement aux autres, elle ne pianotait pas nerveusement sur un téléphone ou un ordinateur. J'imagine que
j'ai une tête de Diane Delaunais. Elle m'a montré la place
libre face à la sienne, sans me tendre la main. Son attitude
un peu froide m'a tout de suite mise en confiance : elle
ne cherchait pas à m'amadouer. Elle ne venait pas me
demander pardon de s'être envoyé mon mari pendant
que j'étais concentrée sur mon petit bonheur trop tranquille. Au contraire, cette femme-là m'en voulait.

Elle a poussé un grand soupir en s'asseyant. Ses lèvres
ont pris le pli très discret d'un sourire que j'ai deviné aux
fines rides qui sont apparues autour de ses yeux. C'était
une très belle femme. Une Kate Winslet d'un autre âge.
Beaucoup trop vieille pour les nouveaux goûts de Jacques.

« Je m'appelle Marie. »

Une belle femme avec un beau nom. Certains naissent
comme ça.

« Diane Delaunais.

— Je sais.

— On se connaît ?

— Indirectement, oui. »

La bombe ne tarderait pas à me tomber dessus.
Nous étions liées par quelque chose de profondément
désagréable, je le sentais. Si elle s'arrêtait là, ma vie ne
basculerait peut-être pas ; si elle continuait, elle pourrait
m'achever avec quelques mots assassins.

« On porte les mêmes. »

Elle a fait glisser ses jambes pour les libérer de sous la
table et me montrer ses belles bottes bleues.

« Oh ! Mon Dieu ! Vous êtes la femme de Ji-Pi ? »

Sa lèvre s'est mise à trembler, ses yeux se sont embués.

« Oui. »

Alors que j'ai souri à pleines dents, j'avais l'impression qu'elle allait s'effondrer.

« Qu'est-ce qui se passe ?

— J'ai eu un appel.

— De qui ?

— Anonyme.

— Oh ! Comme dans les films.

— …

— Et ?

— J'ai eu un appel de quelqu'un qui… de quelqu'un qui m'a dit que… on m'a dit pour vous et Jean-Paul.

— QUOI ? »

J'ai eu un furtif moment de doute, une demi-seconde de panique. Mon histoire avec Ji-Pi, pour autant qu'on puisse parler d'histoire, ne s'était déroulée que dans la série de boyaux gélatineux qui me servaient de cerveau, sous une calotte osseuse très hermétique.

« Qu'est-ce qu'on vous a dit, au juste ?

— Qu'il vous avait offert les mêmes bottes.

— Non ! Ben non ! Je les ai achetées sur Internet…

— Avec du vin pis une carte. »

Elle a mis ses mains devant sa bouche, comme si elle avait roté sans le vouloir. La douleur lui brûlait l'estomac.

« OK, Marie, on va démêler l'affaire. Vous chaussez du 8.

— …

— Comme moi.

— …

— Quand Jean-Paul m'a demandé où j'avais pris mes bottes, qu'il trouvait belles, je les ai enlevées, les lui ai données, pis je me suis sauvée en courant… *pfff*… c'était tellement niaiseux… *pfff*… pis j'suis partie du bureau en pieds de bas… *pfff*… »

Mes nerfs lâchaient, je riais comme une folle. Kate Winslet me regardait comme si j'étais une demeurée. Toutes les femmes sont folles, Marie, toutes. On est toujours la folle de quelqu'un.

« Après, il me les a ramenées dans un grand sac-cadeau avec une bouteille de vin dans chaque botte, pour me remercier. Y vous avait commandé les mêmes ! C'était facile avec la marque pis le numéro du modèle.

— On m'a dit que vous vous donniez des petits rendez-vous.

— Qui t'a… tu permets qu'on se tutoie… qui t'a dit ça ? On parle encore de l'appel anonyme ?

— Peu importe.

— Au contraire, ça importe, parce que la personne qui t'a dit ça m'en veut, pour une raison ou une autre, pis cherche à me faire du trouble juste pour se venger. Y a des gens comme ça, c'est malheureux, mais c'est de même. Je pense savoir qui t'a appelée.

— Peut-être, mais…

— J'ai jamais vu Jean-Paul en dehors du bureau de toute ma vie, y s'est jamais rien passé entre lui pis moi, pis y se passera jamais rien, je te le jure sur la tête de mes enfants. Je sais même pas si on s'est déjà donné la main. Regarde-moi, Marie, j'ai quarante-huit ans – bientôt quarante-neuf –, mon mariage vient de me péter dans la face après vingt-cinq ans. Quand j'suis pas trop déprimée, je démolis ma maison avec une masse, entre deux brosses au vin blanc, comme une vraie folle finie. Penses-tu que ton *chum* pourrait tomber pour une femme comme moi ?

— … je sais pas…

— Penses-tu que ton *chum* aurait envie de baiser une femme comme moi ? »

Cette fois, elle a tout lâché pour me regarder, vraiment. Ses yeux ont suivi la courbe sinueuse de mon nez aquilin, plongé dans les profondes rides de mes joues, et glissé sous mon menton moelleux. J'ai souri quand elle est revenue à mes yeux, cerclés d'une fatigue mauve, désormais irréparable. J'aurais préféré qu'elle ne réponde pas.

« Non.

— Évidemment, *pfff*…

— *Pfff… pfff…* »

Le rire, ce grand péteur d'abcès, est venu nous dépêtrer de cette conversation beaucoup trop lourde pour un lundi matin. C'était d'un comique si triste que j'ai versé quelques larmes faciles à confondre avec ce qu'elles n'étaient pas. Les siennes aussi cachaient autre chose, une forme de délivrance. Maintenant qu'elle riait, je voyais encore mieux combien elle était lumineuse.

« As-tu déjà douté de ton *chum* avant cet appel-là ?

— Non, jamais.

— Ben continue. Un gars qui se démène autant pour t'acheter des bottes italiennes de ce prix-là, c'est un gars amoureux.

— Oui…

— As-tu déjà travaillé dans une grosse boîte pleine d'employés enfermés dans des bureaux à longueur de journée ?

— Non, j'enseigne au primaire.

— *Wow!* Une héroïne, en plus!»

Nous nous sommes laissées sur une poignée de main sincère. J'étais pressée de rentrer au bureau pour régler quelques comptes.

«Des messages, Johanne?

— Pis pis pis? C'était qui?

— Je peux vraiment pas te le dire, mais je te jure que c'est vraiment pas important. Disons juste qu'y a eu une petite méprise.

— Bon, tant mieux, j'étais quand même inquiète. Pas de message pour toi. Mais ça dérougit pas à matin, je sais pas ce qui se passe.

— Parfait. Je descends voir Josée deux minutes, pis je remonte tout de suite.

— Josée qui?

— Josy.

— Ah?

— C'est son vrai nom, Josée.

— Pour vrai?

— Oui madame.

— C'est drôle, j'aime mieux Josée.»

J'ai pris les escaliers pour me rendre au quatrième. Il fallait que je me calme, que je me contrôle. Avec du recul, je crois que j'aurais dû prendre le temps de descendre jusqu'au sous-sol et de remonter lentement, très lentement.

Fidèle à son habitude, Josée m'a fait un faux sourire avant de me demander, avec une amabilité aussi vraie que ses ongles, si elle pouvait m'aider. Elle portait un magnifique veston blanc coquille d'œuf.

« Oui, tu peux m'aider. Est-ce que Jean-Paul est là ?

— Non, y est en réunion avec les patrons. Y devrait pas tarder. Voudrais-tu… »

J'ai donné une grande tape du plat de la main sur son bureau. Tout ce qui s'y trouvait a fait le saut. Son petit berger en porcelaine archikitsch a piqué du nez et son verre en plastique censé passer pour du cristal a lâché tous les crayons qu'il contenait. Comme sa tasse avait tenu bon, j'ai mis mon doigt dans son café pour en vérifier la température – tiède, parfait ! –, j'ai attrapé la tasse par l'anse et lui ai balancé le contenu. En visant le veston blanc. En bon collaborateur, le tissu a absorbé une bonne partie du liquide. Le reste s'est répandu autour en un *splash* savoureux.

« Oups !

— AAAAAH ! T'ES FOLLE ! »

Sur les revers de son veston qu'elle s'est mise à frotter vigoureusement, les mouchoirs se désagrégeaient au contact du tissu mouillé. Je me suis approchée en serrant les dents, l'index pointé vers son nez poudré.

« La prochaine fois que t'auras le goût de faire ta maudite langue sale, espionne un peu mieux.

— Ça restera pas comme ça ! Oh non !

— Non ? Tu veux que je dise à Ji-Pi que t'as fait un appel anonyme à sa femme pour y planter un couteau dans le dos ?

— Maudite vache !

— J'espère que ton CV est à jour, grosse *bitch*. »

Et sur ces bonnes paroles, je suis retournée au cinquième étage en sifflotant un air de Joe Dassin. « Les petits pains au chocolat, la la la la ! » Cette journée prenait une tournure plutôt amusante. C'était à peine l'heure de la pause et je venais de vivre plus d'émotions que j'en éprouvais jadis pendant toute une année. C'est ce qui est bien quand on est plate : le moindre petit rien devient une aventure captivante.

Claudine m'avait laissé trois textos urgents qui me sommaient de venir la voir le plus tôt possible. Sa grosse réunion venait de prendre fin. J'ai pratiquement couru jusqu'à son bureau où je suis entrée en trombe.

« Hé ! Pis, le bras, comment ça va à matin ?

— Ça va.

— *Good !* Écoute ben ça, tu me croiras pas : Josy a téléphoné à la femme de Ji-Pi pour lui dire qu'on avait une aventure ! Une aventure ! *I wish !* La maudite vache – elle vient juste de me traiter de maudite vache, fait que j'ai ben le droit –, la maudite vache avait ouvert le sac avec les bottes avant de venir le porter dans mon bureau, pis elle pensait que Ji-Pi me les avait offertes ! Elle nous espionnait, la fouine ! Chaque fois que j'allais le voir, elle s'imaginait qu'on se faisait des petits rendez-vous galants. Faut être fêlé pas à peu près pour inventer des histoires de même ! Là tu te demandes comment je sais ça ? Écoute ben : la femme de Ji-Pi elle-même m'a appelée ce matin pour qu'on se rencontre, mais je savais pas que c'était elle avant de la rejoindre au Café. J'ai eu tellement peur que j'ai dit à Johanne de m'envoyer la police si je revenais pas, ç'aurait pu être dangereux, je savais même pas qui je m'en allais voir, tu comprends, t'as dû avoir mon texto ?

— Oui oui.

— Je me suis dit que ce serait plus prudent d'avoir deux personnes au courant. Rendue là, je l'ai reconnue facilement: on avait les mêmes bottes! J'ai tout de suite compris que c'était la femme de Ji-Pi! Pauvre elle, si tu y avais vu la face, anéantie, je te le dis, détruite… ça va?

— Hum hum.

— Fait que j'ai mis ça au clair assez vite, pis j'y ai demandé si elle pensait que son mari avait pu avoir une liaison avec moi… non, ben non, elle m'a répondu « non » de même, c'était quand même un peu insultant, aussi bien me traiter de grosse moche, mais peu importe, on a mis l'affaire au clair assez vite. Ah! si tu l'avais vue, Kate Winslet, je te jure, des beaux yeux intelligents… t'es sûre que ça va? »

Elle avait une tête de déterrée que je ne lui connaissais pas.

« Qu'est-ce qui se passe? »

L'histoire se répétait. Depuis 9 h, c'était la deuxième femme à qui je posais la question, pleine d'inquiétude.

« Claudine? »

J'ai su que l'heure était grave quand elle s'est levée pour venir s'asseoir à côté de moi, sur la deuxième chaise des plaintes, la moins usée des deux. Je ne pouvais plus respirer, elle allait m'annoncer qu'elle avait le cancer. Minimum.

« OK, parle. Tu m'inquiètes.

— Diane…

— PARLE!

— Restructuration.

— De qui? De quoi? Tu perds ta job?

— Non…

— Fiou! Tu m'as fait peur.

— …

— Quoi? Moi?»

Elle a hoché doucement la tête, comme pour freiner le choc de la nouvelle.

«Moi?

— Le tiers des postes. Y vont regrouper tous les services administratifs à Toronto.

— Le tiers des postes? Ça en fait du monde!

— Oui, beaucoup de monde à démolir, beaucoup…

— C'est toi qui fais les annonces?

— Y voulaient que je rencontre les employés deux à la fois, pour pouvoir *flusher* tout le monde en une semaine au lieu de deux.

— T'es pas sérieuse?

— Je les ai envoyés chier.

— Ça me surprend pas.

— Oui, y ont trop besoin de moi pour faire la job sale, je peux me le permettre. Y m'ont dit de pas m'inquiéter, qu'y avait une équipe de psychologues qui allait m'aider. Du beau travail à la chaîne: je leur annonce qu'y perdent leur job, y font leurs boîtes, pis y s'en vont brailler chez le psy.»

Ma vie commençait à prendre des airs de fin du monde. Je m'étais toujours imaginé qu'elle allait survenir avec un formidable tsunami, une boule de feu, quelque chose de spectaculaire. Mais elle déferlait sur moi sous sa forme la plus banale, par une série de mots assassins qui me donnaient envie de vomir: restructuration administrative.

«Je vais commencer à avoir pas mal de temps libre.

— Tu vas avoir un *package* de six mois.

— Su-per.

— Diane, je sais pas quoi dire…

— Y a rien à dire. Je t'envie pas.

— Osti que j'haïs ma job, des fois.

— Écoute, je pense que je vais rentrer chez moi tout de suite. J'suis fatiguée. Pourrais-tu faire mettre mes affaires dans des boîtes? Y se débrouilleront avec les dossiers. Le Murdoch sent la magouille à plein nez.

— Je m'en occupe. Je vais demander à Émile pour les boîtes. »

Elle s'est mise à pleurer quand elle m'a étreinte. Je ne me suis pas trouvé une seule petite larme. J'étais complètement sonnée.

« On va se voir pareil, Claudine.

— Je sais, mais quand même… me semble que la marde te lâche pas.

— Toi non plus. »

Quand je suis sortie de son bureau, je flottais en apesanteur sur le béton poli. Je me sentais comme une citrouille proprement vidée, prête à être entaillée. Si j'en avais eu la force, j'aurais fait un dernier brin de course sans bottes, mais je n'ai pas réussi à convaincre mes bras de rejoindre mes pieds pour les déchausser.

J'ai pris mon sac à main, mes clefs, mon manteau et suis partie sans rien ajouter. Ceux qui ont vu passer mon corps l'ont salué, j'imagine, moi, j'étais déjà loin, anesthésiée par la torpeur.

Puisque je n'avais absolument plus rien de pressant à faire, je me suis promenée en voiture, enfilant les autoroutes, les sorties, les boulevards et les rues inconnues comme on mange des chips en regardant la télé, sans compter. Si ce n'avait été de mon impérieuse envie d'uriner, je crois que je ne me serais jamais arrêtée.

En voulant revenir au Ultramar croisé quelques minutes plus tôt, placardé de pubs au néon et de propositions de bière pas chère, je me suis enfoncée dans une série de rangs numérotés qui ne menaient nulle part. Partout se déployaient des champs jaunes tout droit sortis d'un siècle lointain. Je ne savais même pas que des étendues pareilles existaient encore si près de la ville. Sur l'accotement de gravier qui bordait la route, j'ai ouvert les deux portières du côté passager pour m'en faire une toilette improvisée. Devant moi, des épis faméliques balançaient leurs feuilles croustillantes. J'ai relevé ma jupe, baissé mes collants et fait pipi, accroupie en petit bonhomme, l'arrière-train caressé par la bise glaciale, en tentant d'épargner, sans trop de succès, mes belles bottes bleues précieuses comme des alliances usagées. Malgré toutes mes précautions, de fines gouttelettes auréolées de vapeur ont profité du sol pour rebondir sur le cuir tout chaud de mes bottes qui noircissait au contact du liquide. Je n'avais plus fait ça depuis notre dernier voyage, à Jacques et moi, dans les Alpes suisses. À cette époque-là, j'étais encore très souple, donc tout à fait capable de tenir mes genoux à distance des rebonds. Je me suis essuyée avec mon foulard, que j'ai abandonné là, sur le liquide rapidement bu par la terre à demi gelée. Et quand j'ai été à nouveau assise sur mon siège de conducteur, j'ai retiré mes bottes et les ai envoyées valser dans le fossé. Notre histoire avait assez duré. Elles étaient irrémédiablement liées à la fin de mon mariage et pleines de pisse. Le fossé leur irait comme un gant.

À part une cabane en planches mal rabotées, plantée au milieu d'un champ, il n'y avait pratiquement rien. Des moineaux cotonneux sur les fils électriques, des corbeaux criards, peut-être un chat à trois pattes quelque part. Ces espaces vides étaient à l'image de ma vie. J'avais une âme de saison.

Le phylactère de ma boîte de textos était flanqué d'un petit « 8 ». Claudine s'inquiétait. Il fallait que je la rassure tout de suite, avant qu'elle n'alerte l'armée, la gendarmerie et toute ma famille. Je suis revenue. Je n'avais pas particulièrement envie que mes enfants aient encore plus pitié de moi, ni besoin que Jacques se sente forcé de venir me secourir dans les bas-fonds de mon existence.

« Je me promène en voiture. Besoin de réfléchir. Tout est OK. »

« Appelle-moi, faut que je te parle. »

« Tantôt, promis. »

« Non, tout de suite. »

« À + »

J'étais comme une funambule sur la corde raide, concentrée à ne pas tomber. Lui parler maintenant risquait trop de me faire plonger.

Les collants n'ont pas été conçus pour être portés sans souliers. Les sillons des pédales pénétraient la plante de mes pieds comme des lames de mandoline. Avec l'engourdissement qui s'installait, je ne pourrais pas tenir longtemps. De toute façon, la jauge à essence indiquait que les choses, contre toute attente, pourraient encore empirer si je ne me sortais pas très vite de ce no man's land. Dès que je rejoindrais la civilisation, je pourrais m'acheter une paire de n'importe quoi dans n'importe quelle épicerie qui vend pour trois fois rien des vêtements et des souliers fabriqués par des gens payés cent fois rien.

Deux kilomètres plus loin, sur le perron d'une petite maison verte, un vieil homme se berçait. Il portait une gabardine à carreaux matelassée, très Canadian Tire, et un casque de castor, queue pendouillante sur la nuque. C'était ma chance, Daniel Boone montait la garde. Je me suis rangée sur l'accotement et j'ai baissé ma vitre.

« Bonjour !

— …

— BONJOUR !

— Ah ! Bonjour !

— Pouvez-vous me dire comment rejoindre l'autoroute ?

— Pardon ?

— L'AUTOROUTE, C'EST PAR OÙ ?

— Hein ? »

Je me suis étirée le plus possible en dehors de la voiture pour réduire la distance qui nous séparait.

« POUVEZ-VOUS ME DIRE DE QUEL CÔTÉ ALLER POUR PRENDRE L'AUTOROUTE ? »

Il a mis sa main devant son oreille, sans cesser de se bercer – étrange idée par un froid pareil. Bon, ce n'était pas poli de s'entêter à crier sans sortir de l'auto, mais il me semblait que ce ne l'était pas non plus de continuer à se bercer comme il le faisait. Tant pis, je me suis résignée à sortir pour courir jusqu'au petit escalier menant au perron. Les cailloux et le froid, intraitables, m'ont lacéré la peau de fesse que j'ai sous les pieds. Jacques aurait été malade à la seule idée de fouler un sol de campagne crasseux, probablement plein de crottes d'animaux et de crachats.

« Bonjour ! Excusez-moi de vous déranger.

— Bonjour bonjour !

— Oui, bonjour ! Je me suis un peu perdue, pourriez-vous me dire par où passer pour reprendre l'autoroute ?

— Comment ?

— JE CHERCHE L'AUTOROUTE.

— Vous partez d'où, vous là ? »

D'où je partais ? Surréaliste. Physiquement, j'étais devant lui, c'était une bizarrerie de me le demander ; mentalement, je n'en avais aucune idée, sinon que j'étais coincée dans un filet inextricable d'idées noires.

« Z'avez pas de *souillers* ?

— Ah ! J'en avais, mais je les ai lancés dans le fossé tantôt. »

Je sentais que ça passerait. Il n'a même pas sourcillé.

« Rentrez donc, pauvre enfant, vous allez pogner votre mort amanchée de même. »

À le voir lutter pour se lever et marcher jusqu'à la porte, je lui aurais donné une bonne centaine d'années. Toutes ses articulations, cou inclus, semblaient soudées. Il avançait comme un automate de première génération. Chez certaines personnes, le corps veut longtemps.

Dans la maison, une odeur de beurre brûlé planait dans l'unique pièce du rez-de-chaussée. Sur le poêle qui trônait au milieu de la pièce, un léger fumet montait d'une petite marmite cabossée. Des légumes, probablement, tournoyaient dedans, en suivant les boucles de l'eau frémissante. Les murs étaient tapissés de photos, certaines très vieilles, d'autres plus récentes. Aucun des cadres n'était de niveau, comme si la terre venait de trembler. Le petit homme – j'avais presque une bonne grosse tête de plus que lui – n'a pas enlevé ses bottes avant de se diriger vers un gros coffre en bois posé au fond de la pièce.

« Je vas vous donner une paire de pantoufles. J'ai en pour une armée, pis ça sert pas icitte.

— Mais non, je veux pas que vous me donniez des pantoufles.

— Depuis que ma femme est morte, j'ôte plus mes bottes dans maison. »

Avec son rire sont apparus un impressionnant masque de rides et une série de chicots de dents noircies qui ne devaient plus servir qu'à manger du mou. Dommage, on devait pouvoir manger du maïs frais dans le coin.

« Pis y vient pas gros de visite.

— Mais je peux pas accepter…

— Vous êtes habillée en quelle couleur, vous là ?

— Quelle couleur ?

— Ma femme en a tricoté de toutes les couleurs, pour aller avec les vêtements, qu'à disait.

— Ah ! Mes vêtements sont noirs.

— Noirs ? Vous allez à des funérailles ?

— Euh… non, j'aime le noir.

— Comment ?

— NON, J'AIME LE NOIR. »

Il lisait les mots sur mes lèvres, j'essayais de prononcer gros.

« Ah bon, tant mieux. La question se pose, rapport que c'est la saison morte qui arrive, la faucheuse fait du ménage avant l'hiver. Bon, quin, je vous donne celles-là, vous viendrez piger dans le coffre si la grandeur est pas bonne. Vous devez avoir des grands pieds, je dis ça rapport que vous avez l'air grande. »

Il m'a tendu deux pantoufles différentes, l'une verte et blanche, l'autre brune, tricotées en bon «fortrel», comme disait ma grand-mère. Elles avaient la raideur caractéristique des fibres synthétiques. J'ai eu un petit coup de nostalgie.

« Merci beaucoup, vous me sauvez la vie. J'ai eu une drôle de journée, aujourd'hui.

— COMMENT ?

— MERCI ! J'AI EU UNE MAUVAISE JOURNÉE AUJOURD'HUI.

— Ah ben, j'ai une bonne nouvelle pour vous.

— Ah oui ?

— La soupe est prête.

— Oh !

— Vous devez avoir faim si vous êtes perdue. »

Non, pas du tout, mais je ne voulais pas ruiner la seule bonne nouvelle de la journée. Il s'est dirigé vers la cuisine pour en revenir avec deux bols en bois et une louche, comme dans les contes pour enfants. Je n'ai pas osé le lui demander, mais j'aurais parié qu'il les avait lui-même gossés dans un arbre.

« Mettez-vous proche du feu pour vous réchauffer. »

Je lui ai obéi. Il ne pouvait rien m'arriver, ce pauvre homme à moitié sourd et à moitié aveugle marchait à pas de tortue. Même chaussée de pantoufles en fibre synthétique, je pourrais le semer en marchant. Avec une main plus sûre que je ne l'aurais cru, il a servi la soupe sans regarder, se fiant à l'odeur et à la chaleur. Et à l'habitude, j'imagine.

« Qu'est-ce que vous avez mis dans votre soupe ? »

Il ne m'a pas entendue.

« Quin, ma petite madame. »

Il m'a tendu un bol et s'est assis sur une chaise, face au feu, à côté de moi. J'ai pensé « légumes de saison » en voyant flotter un morceau de panais et « petits animaux sauvages pris dans des pièges » pour ce qui semblait être de la viande.

« Vous vivez tout seul depuis longtemps ?

— COMMENT ?

— VOUS VIVEZ TOUT SEUL ?

— J'suis trop vieux pour vous, ma petite madame, ha !

— *Pfff…*

— Je fais des blagues. Vous êtes pas petite.

— Ha !

— Je vis tout seul, mais Mariette vient en fin de journée.

— Tous les jours ?

— C'est pour gagner son ciel. À l'a une couple d'affaires à se faire pardonner.

— Comme tout le monde.

— C'est ma sœur. Une petite jeunesse de quatre-vingt-deux ans. Une vraie force de la nature, c'est pas créyable.

— Vous avez quel âge, vous ?

— Hein ?

— VOUS AVEZ QUEL ÂGE ?

— Y disent quatre-vingt-quatorze… mais je pense qu'y exagèrent. »

Si ce que «y» disaient était vrai, il avait vu passer la grande Dépression, la Deuxième Guerre mondiale, Elvis, la première télé, la chute du mur de Berlin, le drapeau du Québec et tout un tas de choses qu'on se félicite ou se désespère d'avoir inventées, dont la souffleuse à feuilles. Et combien des siens avait-il enterrés? Il se tenait pourtant là, tranquillement, comme n'importe quel homme, buvant sa soupe à même le bol, poussant avec ses doigts sur les légumes échoués au bord de ses lèvres pour qu'ils passent dans sa bouche. Je l'ai imité. Ce mélange de bouillon et de légumes trop cuits, à cheval entre la soupe et le potage, était étonnamment délicieux. S'il y avait de l'écureuil dedans, il était très bien cuit. Étrangement, mes malheurs n'avaient pas de prise sur moi dans cette maison, comme s'ils étaient restés dehors à m'attendre, en meute de loups affamés. Tout ce qui m'accablait jusqu'à l'étouffement l'instant d'avant me semblait tout à coup de la dernière importance. Je mangeais une bonne soupe, chaussée de vieilles pantoufles dépareillées.

«Je viens de perdre mon travail.

— Vous avez des enfants?

— Oui, mais y sont grands, y ont leur vie maintenant. Y a juste ma petite dernière qui étudie encore.

— Pas d'enfants?»

J'ai souri en lui montrant trois doigts.

«Sont en santé?

— OUI, SUPER!

— Bon, quand les enfants sont en santé…

— C'est vrai… J'AI PERDU MON TRAVAIL AUJOURD'HUI.»

Il a sorti de sa manche un mouchoir en tissu avec lequel il s'est d'abord essuyé la bouche, les yeux, puis mouché. Je me suis demandé si Mariette s'occupait de le laver de temps en temps. Sa couleur était plutôt inquiétante.

«Vous allez en trouver un autre. Vous êtes pas malade?

— NON.

— Quand on est en santé…

— MAIS ÇA PREND DES DIPLÔMES POUR TOUT FAIRE AUJOURD'HUI.

— Retournez à l'école, vous êtes toute jeune. Pis votre mari a toujours son travail, lui?

— Mon mari est parti.

— Hein?

— MON MARI EST PARTI.

— Parti où?

— Loin… loin loin…»

J'ai levé le bras et fait des vagues avec mes doigts pour mimer la distance.

«Y est mort?

— Non. Y EST EN PARFAITE SANTÉ. Peut-être trop, même.»

Et nous avons bu-mangé notre soupe en nous perdant dans nos pensées, jusqu'au fond du bol.

«Pour retourner sur la grand-route, faut rouler jusqu'au rang 7, tourner à droite, aller jusqu'au bout, là, vous prenez le chemin qui coupe devant l'église pis vous continuez jusqu'au panneau vert. L'église est encore là, mais c'est pus une église.

— DOMMAGE.

— Non! Bon débarras! J'ai jamais pu blairer ça, moi, des curés… pis regardez le banc qui est là, dans le fond. J'suis allé m'en quérir un quand y ont démantelé l'église. J'aurais ben mérité une rangée complète si j'avais compté tout l'argent que je leur ai donné. »

Je n'aurais pas rechigné à rester un peu, il devait avoir une formidable réserve d'histoires à conter. On aurait mis des heures, voire des jours, pour seulement faire le tour des photos encadrées.

« MERCI POUR TOUT.

— Reperdez-vous donc, une autre bonne fois, j'suis pas sorteux.

— VOUS AVEZ DES ENFANTS, VOUS?

— Oui.

— Y VIENNENT VOUS VOIR? »

Il a fait des vagues avec les doigts.

« JE VAIS VOUS RAPPORTER VOS PANTOUFLES.

— Non non, c'est un cadeau de Mariette. Ça y aurait fait plaisir. J'en ai un coffre ben plein. »

J'ai jeté un œil à mes pieds: j'avais étiré l'une des pantoufles pour y faire entrer mon pied et l'autre était si grande que je craignais de la perdre à chaque pas. Les couleurs étaient horribles, le matériau, rêche et inconfortable. Ça faisait des lustres qu'un cadeau ne m'avait pas autant émue.

C'est seulement une fois dans ma voiture que je me suis rendu compte que nous ne nous étions pas présentés. Qu'importe, au fond. Nos noms ne nous auraient rien appris de plus, sinon le goût de nos parents pour certaines sonorités plutôt que d'autres.

Je suis sortie de chez Adélard – il avait une tête d'Adélard – reposée, comme si je venais de faire une sieste. Une fois rendue à l'église, je me suis rangée pour appeler Claudine.

« C'est moi!

— Merde! Ça va? T'es où?

— Hum, dans une campagne quelconque, attends un peu, y a un panneau… non, ça le dit pas, en tout cas, je m'approche de l'autoroute.

— Qu'est-ce que tu fais?

— J'ai roulé un bon bout, je me suis perdue, j'ai dîné chez un vieux monsieur de quatre-vingt-quatorze ans…

— T'es allée sur Facebook?

— C'est quoi le rapport?

— Depuis quand?

— Depuis quand quoi?

— Que t'es pas allée sur Facebook?

— OK, t'es sérieuse avec ton Facebook? J'suis jamais retournée après ma bombe du printemps. Pourquoi tu me demandes ça?

— Merde…

— OK. Qu'est-ce qui se passe?

— *Shit*…

— Claudine…

— Appelle donc Jacques.

— On est pas encore le 23.

— Appelle-le quand même

— NON! CRACHE TOUT DE SUITE!

— *Ffffffffff*…

— ACCOUCHE!

— La pouffiasse est enceinte. »

Dans un réflexe insensé, j'ai regardé derrière moi pour évaluer les possibilités de revenir en arrière, de rembobiner les dernières minutes et de réintégrer le cocon douillet d'Adélard, suspendu dans le temps et l'espace. Mais j'en étais dans ma propre histoire comme Thelma et Louise quand elles comprennent qu'elles ont atteint le point de non-retour : j'allais devoir sauter et faire face à la musique, *beat* ou pas. Terrée chez Adélard, j'aurais pu boire du petit bouillon en regardant aller et venir les oies jusqu'à ce que mon corps me largue, mais branchée à un téléphone intelligent capable de me retrouver au fond d'une campagne perdue pour déverser sur moi son fiel empoisonné, je n'avais aucune chance. Il ne nous restait que l'humour.

« On peut allaiter avec des faux seins ?

— Euh… sais-tu, je me suis jamais posé la question.

— Bah, j'suis sûre qu'on peut les enlever pis les remettre.

— Peut-être qu'y peuvent poser des sacs de lait au lieu des prothèses.

— Avec des mamelons-tétines.

— La pauvre conne a mis une photo de sa bedaine sur Facebook.

— Tu la suis sur Facebook ?

— Tout le monde suit tout le monde sur plein de réseaux. Vous êtes trois ou quatre en Amérique du Nord à pas le savoir.

— J'oubliais.

— Es-tu en chemin ?

— Hum hum.

— Comment tu te sens ? Me semble que t'as l'air calme.

— Ça va.

En réalité, ça tempêtait si fort dans ma tête que je plissais les yeux pour me concentrer. L'autoroute était en vue, je pourrais rouler le plus loin possible vers le nord, abandonner mon auto sur le bord d'un chemin perdu et marcher jusqu'au prochain lac sans nom pour aller scruter le fond. Je me terrerais avec les grenouilles, dans le fond boueux, pour laisser passer l'hiver.

« Mes enfants vont avoir un frère ou une sœur...

— Ou les deux. Y a comme une épidémie de jumeaux ces temps-ci.

— La famille de mes propres enfants s'agrandit, mais pas la mienne. C'est comme si on avait pesé sur pause, mais que j'étais la seule à m'être arrêtée. J'suis figée dans le décor pis les autres continuent d'avancer.

— T'es pas sur pause, Diane, tu prends juste un autre chemin.

— J'étais censée prendre le même qu'eux.

— Je sais.

— J'ai l'impression qu'on faisait une belle promenade dans le bois pis que Jacques leur a dit "vite vite, on part de ce bord-là, votre mère nous verra pas". Là j'suis dans le bois, toute seule...

— Je sais.

— Philippe est pas allé fonder une autre famille, lui.

— Non, mais mes enfants se cachent dans le bois une semaine sur deux. Pis je passe l'autre semaine à les chercher, même quand je les ai en pleine face.

— ...

— Diane, t'as le droit d'être en crisse, mais fais pas de gaffe.

— Faut que j'arrête mettre de l'essence. J'suis en pantoufles.

— *Pfff...* en pantoufles?

— Longue histoire.

— Tu me rappelles tantôt?

— Oui, tantôt.

— Tu fais pas de connerie, là?

— J'ai laissé ma masse chez nous.

— Je t'aime, vieille branche.»

J'ai mis de l'essence, avalé un grand café eau-de-vaisselle et suis tout simplement revenue chez moi. Je ne voyais pas quoi faire d'autre.

Une fois la voiture garée dans l'entrée, j'ai éteint le moteur et suis restée assise derrière le volant. J'ai laissé la douleur monter doucement, comme une marée conduite sans urgence par le mouvement des astres. Elle pouvait venir, je n'avais plus la force de la fuir. J'ai ouvert la bouche pour laisser passer mes gémissements, mes cris, mes hurlements. Je me suis cramponnée au volant pour que mon corps tout entier se transforme en caisse de résonance et j'ai crié de toutes mes forces, et bien au-delà. J'ai crié comme on doit crier sous la torture, désespérément, pour tuer le mal de l'intérieur. Une fois mes poumons vidés, j'ai respiré à fond et recommencé en essayant d'aller plus loin, plus haut, plus fort. Je voulais que le pare-brise éclate, que la voiture explose. Quand j'ai senti que mes cordes vocales commençaient à faiblir, j'ai redoublé d'ardeur pour les tendre jusqu'à l'éclatement. Ma rage nourrissait ma rage, ma peine, insondable, coulait dans mon cou en filets baveux. Mes tripes finiraient par quitter mon corps comme un chapelet de saucisses. Je me purgerais jusqu'à ne lui laisser que la peau. Crever.

J'étais en bonne route pour une mort violente par autovidange quand j'ai senti une main se refermer sur mon bras.

« Diane ! Diane ! »

Le beau tatoué du chantier d'à côté était accroupi à côté de moi, la tête baissée pour me regarder par en dessous.

« OK, ça va, ça va… »

J'haletais comme si je venais de courir le marathon. Mon visage était couvert de larmes, de morve, de bave, de tout ce que les orifices sécrètent en état d'urgence. Au mouvement empâté de mes yeux et de ma bouche, je devinais l'enflure de mon visage. Les veines de mes tempes pulsaient au rythme de mon cœur affolé.

« OK, t'as mal à quèque part ? »

J'ai balayé l'air, de gauche à droite. À part un gros mal de gorge et de tête, et un engourdissement des pieds, rien à déclarer.

« Veux-tu aller à l'hôpital ?

— Non.

— À la clinique ?

— Non.

— Veux-tu que j'appelle quelqu'un ?

— Non.

— Penses-tu pouvoir sortir de l'auto ?

— Non.

— OK, je m'en occupe. Veux-tu des Kleenex ? »

Ça devait être pire que je le croyais.

« Oui.

— DES KLEENEX, S'IL VOUS PLAÎT! PAS D'AM-
BULANCE! JUSTE DES KLEENEX!»

Madame Nadaud est accourue avec une débar-
bouillette humide et une boîte de papiers-mouchoirs.
Sa main libre tenait le col de sa petite veste. Elle m'a fait
penser à ma mère, morte depuis si longtemps que j'avais
perdu l'habitude de penser à elle dans les moments difficiles. J'ai dit «maman» tout bas, pour sentir l'effet
de ce vieux mot dans ma bouche. L'envie de pleurer a
jailli comme un geyser, de mes lointains trente ans. Je
me suis mouchée très fort pour enterrer mes sanglots.
Maman.

Malgré le carnage de mon visage, mon tatoué s'en est
approché à quelques pouces. Je pouvais sentir la chaleur
de son corps. Je ne m'étais pas rendu compte que j'étais
complètement gelée.

«Aimerais-tu ça rentrer chez vous?»

J'ai jeté un œil à ma maison au-dessus de sa tête pour
donner un ancrage à sa proposition. Ma maison était
derrière lui, à des années-lumière de moi.

«Hum hum.

— OK, accroche-toi à mon cou, ma grande, je
t'amène.

— Mais non…

— Mais oui, tu peux pas rester là.»

Avant même d'avoir eu le temps d'ajouter quoi que
ce soit, son bras de béton s'était glissé sous mes jambes
pour me soulever. Heureusement, je ne m'étais pas pissé
dessus. Le jour de mon anéantissement total, je suis
entrée chez moi comme une jeune mariée.

«Belles pantoufles.»

Il m'a déposée dans le fauteuil du salon et s'est age-
nouillé devant moi. Si ça ne m'avait pas rappelé la grande
demande de Jacques, classique jusqu'au trognon, j'aurais
trouvé ça mignon.

«Y a sûrement quelqu'un que t'aimerais appeler?»

— Pas tout de suite.

— Je pense pas que tu devrais rester toute seule.

— J'suis juste fatiguée, tellement fatiguée…

— C'est fatigant, les mauvaises nouvelles.

— Oui.

— OK. Faut que je retourne au chantier, mais j'suis
juste à côté. Si ça va pas, fais-moi signe.

— J'ai juste à crier.»

Ses lèvres se sont retroussées pour laisser passer un
petit rire. Il s'est avancé encore plus près et m'a prise dans
ses bras, comme une vieille amie. Il m'a serrée contre lui
très fort et tenue si longtemps que j'ai fini par fermer les
yeux et poser ma tête sur son épaule, dans un abandon
délicieux. Enfouis dans ses bras majestueux, mes malheurs se sont faits tout petits. Les miettes de mon âme
éclatée se sont déposées une à une dans les replis de son
cou, en amas de douleur à balayer. Mon corps buvait sa
chaleur, son calme, sa douceur.

Si ce n'avait été de la femme tout en cheveux de
flammes qui veillait au grain sous sa veste à carreaux,
on se serait peut-être embrassés. Sa joue râpeuse a doucement longé la mienne avant de s'éloigner. Nos lèvres
se sont presque touchées. J'ai pris tout ce qu'il pouvait
m'offrir.

Quand il est parti, Chat de Poche est sorti de
sa cachette pour venir se blottir dans mon cou. Il a

mordillé ma boucle d'oreille avant de se replonger dans un sommeil lourd, plein de spasmes nerveux. Je me suis endormie avec lui, reconnaissante, après mille caresses réparatrices.

■

J'ai ouvert les yeux sur Claudine qui tenait un grand plateau de sushis au-dessus de moi, avec son sourire triste des pires journées.

« Enweille, on fête ta nouvelle vie. J'ai amené une bonne bouteille de solution temporaire.

— ...

— Je sais, t'as pas le goût, mais ça va te faire du bien. Bouge pas, je m'occupe de tout !

— Claudine ?

— Quoi, ma belle ?

— J'ai perdu mon petit tremplin.

— *Pfff...* »

20

Où je me vois dans le miroir.

Ma coiffeuse avait pris du retard cette journée-là. Je me suis installée sur son divan Louis XVI pour faire semblant, comme d'habitude, de me chercher une nouvelle coupe, une nouvelle couleur dans l'une des nombreuses revues de mode qui s'entassaient dans un désordre rangé sur la table de desserte. Peu importaient les résolutions que je prenais dans ces moments de hardiesse qui précédaient la vue des ciseaux, elles s'évanouissaient, immanquablement, quand je posais les fesses sur la chaise de Sabrina. Mes prétentions à épouser la «tendance» ne résistaient jamais longtemps à l'appel de ma nature de femme plate qui se révélait jusque dans ma gestion du cheveu.

«Pis, qu'est-ce qu'on fait aujourd'hui?

— Bof! Comme d'habitude.»

La cliente que Sabrina finissait de coiffer et qui l'avait mise en retard s'extasiait devant le dégradé de rose qui venait d'apparaître, après de nombreuses étapes de décoloration et de coloration, dans les dix derniers pouces de ses cheveux.

« C'est tellement ça que je voulais ! Je capote ! Mes amies vont être trop jalouses ! Ma mère va venir te payer tantôt. »

Un peu plus loin, une dame ronde comme une bille consultait Ève, l'autre coiffeuse.

« J'ai envie de changement, je trouve que je fais dur. Penses-tu que ça m'allongerait un peu le visage de faire quelques mèches de couleur sur les côtés ?

— T'as pas beaucoup de longueur pour ça. Faudrait peut-être jouer avec la coupe pour donner un effet allongeant.

— Mais ici, sur le dessus, si on mettait un peu de rouge ? Ça ferait lumineux, non ? »

Cette femme-là avait réussi, par autosuggestion, à se convaincre que des mèches de couleur lui feraient perdre quelques kilos. L'humain vit d'espoir, c'est l'un de ses plus grands talents. Les illusions dont il se gave lui permettent d'échapper, au moins pour un temps, à la cruelle réalité.

« Oui, ça pourrait être beau. Mais va falloir décolorer pour aller chercher la bonne teinte.

— Ça vaut la peine ?

— Si tu veux avoir un beau rouge, on a pas vraiment le choix.

— Bon, ben *go* ! »

Elle riait de satisfaction, excitée à l'idée de la transformation qu'elle s'apprêtait à subir, confiant à quelques mèches décolorées le soin de lui requinquer le look et le moral. Ses petits doigts boudinés roulaient de plaisir dans les airs.

Dans le grand miroir du fond, je me suis aperçue. Moi, mon fond de tête blanc, ma pose de petite madame bien comme il faut. J'étais là pour l'illusion, comme les autres.

« Allô, Diane !

— Allô !

— Pis, qu'est-ce qu'on fait aujourd'hui ?

— J'aimerais ça revenir à ma couleur naturelle.

— Tu trouves ça trop foncé ?

— Non, ma vraie couleur naturelle.

— Je comprends pas.

— Blanc.

— T'es sérieuse ?

— Oui. »

Elle m'a regardée dans le miroir pour essayer de comprendre ce qui se passait. Normal, les femmes essayent généralement de fuir leur âge, pas de s'y lancer à corps perdu. Elle ne me ferait pas de discours. Sabrina pose peu de questions, travaille vite et bien, ne me raconte pas sa vie.

« Je vais te faire des mèches blanches, le plus proche de ta couleur naturelle possible. Ça va te donner le temps de les voir venir. On refait des mèches aux deux ou trois mois. Dans deux ans, tu vas les avoir blancs, pleine longueur.

— J'aimerais mieux qu'on les coupe tout de suite.

— Couper comment ?

— Une petite coupe au carré, à la hauteur du menton. Y vont être tout blancs plus vite, non ?

— Je pense que ce serait écœurant. Mais je veux que tu me promettes que tu le regretteras pas. »

Elle a fait pivoter la chaise pour me regarder dans les yeux, les sourcils levés.

« Promis.

— J'ai une cliente qui est débarquée y a une couple de mois pour se faire couper les cheveux. À voulait la nouvelle petite coupe à la Jennifer Lawrence...

— Je sais pas c'est qui.

— Pas grave. La fille avait les cheveux dans le milieu du dos, pis à les voulait courts.

— Oh !

— J'y ai fait sa coupe, c'était écœurant, tout le monde capotait dans le salon quand est partie, on a pris des photos pis toute, sauf qu'est revenue une semaine plus tard... pour m'engueuler !

— Ben voyons !

— Ç'a l'air qu'à le regrettait, qu'à filait pas le jour où était venue pis que j'aurais dû l'empêcher de faire ça.

— Pauvre toi.

— Je vends pas des bébelles qui se remboursent, je recolle pas les cheveux coupés !

— Qu'est-ce que t'as fait ?

— Je l'ai fait asseoir pour la calmer pis j'y ai montré comment les placer, avec de la mousse coiffante pis toute, pauvre fille, elle avait pas le tour pantoute de s'arranger, elle avait une espèce de galette aplatie su'a tête, c'était épouvantable, faut travailler ça, une coupe de même. J'y ai donné un pot de gel sculptant.

— T'es fine.

— Pis j'y ai dit de me laisser son calendrier de menstruations pour les prochaines fois.

— *Pfff...* Inquiète-toi pas pour moi, ça va.

— Tant mieux. OK, on se lance. »

Deux heures et demie plus tard, j'ai fait mon tout premier *selfie* avec ma coiffeuse qui m'a montré comment partager une photo sur Facebook. Tout le monde me trouvait écœurante. Les «j'aime», «j'adore», les cœurs et les beaux petits commentaires ont fusé de partout. Personne ne ferait le saut en me voyant. Mes proches et moins proches pourraient discuter de mon changement de look en mon absence et se faire une idée de mon état mental. C'est ce qui est bien avec les réseaux sociaux, l'étape du premier choc, qu'il s'agisse d'une séparation, d'un bébé ou d'une coupe de cheveux, se vit par écrans interposés.

«Connais-tu un bon agent immobilier? Un vrai bon, un gentil?»

Elle m'a pointé un porte-cartes qui traînait à côté de la caisse.

«C'est un ami à moi, super pro, super fin, pas le genre agent d'immeubles pour deux cennes.

— Merci. J'y dis que je te connais?

— Oui. C'est un ami de mon frère.

— J'en ai rencontré un la semaine passée, c'était l'horreur. Juste son odeur, j'étais pas capable.

— Tu vas voir, c'est une vraie soie. Maudit que ça te fait bien, cette tête-là! Je sais pas pourquoi on y a pas pensé avant!»

Ma coiffeuse fait dehors ce que ma psy fait dedans: elle m'aide à me trouver belle.

Quand la mère de la jeune fille aux mèches est arrivée, elle a eu une petite surprise.

«Comment ça? Quelle couleur?

— On y fait un beau dégradé de… tu savais pas?

— Dis-moi que tu me niaises.

— *My god!*

— C'est quoi, la couleur?

— Rose.

— Un dégradé de rose?

— C'est la grosse mode.

— Pis ça coûte combien, la grosse mode?

— Assis-toi avant.

— Non non non, combien?

— Y a fallu faire une double décoloration, trois étapes de mèches…

— …

— Deux cent quarante-cinq dollars..

— QUOI? Ah ben calvaire! Elle a du front tout le tour de la tête! Comme si j'en chiais, de l'argent! Je me payerais jamais ça!»

La femme que j'avais devant moi, dans le miroir, avait de magnifiques mèches blanches payées avec l'argent de sa mise à pied. À contre-courant de la tendance au rajeunissement.

Elle n'avait pas l'air malheureuse.

■

Je tenais absolument à le voir arriver. On dira ce qu'on voudra des moines et du caractère peu fiable de leurs habits, je pense qu'une petite étude rapide de l'enveloppe donne une bonne idée du contenu.

Il s'est pointé à l'heure, ponctuel comme un détective privé, dans une Subaru Outback striée de boue sur les côtés. Sans le faire exprès, j'ai remarqué que ses roues n'étaient pas montées sur des Mags (Antoine m'avait déjà expliqué qu'un gars de char ne s'expose jamais – la voiture étant une extension de lui-même – sans Mags). Il portait un jeans foncé et un polo marine. Pas de veston ni de souliers vernis. Un look relax, même un peu trop à mon goût. J'avais l'air très habillée à côté de lui. Il était plus jeune que je m'y attendais. Fin trentaine, peut-être. Sourcils en broussaille. S'il avait laissé pousser ses cheveux, sa tête aurait été auréolée d'une couronne de moine.

« Bonjour ! Madame Delaunais ?

— Stéphane ?

— Oui.

— On peut se tutoyer ? »

Nous nous sommes installés dehors, sur des chaises bien sèches. J'avais besoin de savoir à qui j'avais affaire avant de le laisser poser son œil professionnel sur mon intérieur. J'avais fait la même chose avec mon dentiste.

Il a sorti une tablette de feuilles lignées et un crayon à mine HB, comme ceux que j'achetais aux enfants pour l'école. L'agent rencontré la semaine précédente m'avait étourdi avec ses présentations numériques et des logiciels de visites 3D, avant même qu'on ait décidé de travailler ensemble. Dès son premier « ma petite madame », j'aurais dû le foutre dehors. Celui-là, avec ses dents non blanchies et sa face de bon élève, me plaisait beaucoup. Il m'a regardée dans les yeux avec un air sérieux.

« Est-ce que je peux te poser une question indiscrète ?

— Non. »

Il a postillonné en pouffant de rire. On s'en tiendrait à l'essentiel, ce serait bien suffisant.

« Pas de problème. Désolé.

— Je veux vendre la maison parce que je veux déménager. C'est tout. »

J'ai dû avoir l'air bête. Tant pis. Je n'avais aucune envie de lui raconter mes déboires conjugaux. Pas plus à lui qu'à qui que ce soit. Aux clients désireux de savoir pourquoi je vendais, il pourrait répondre ce que je venais de lui dire, qui était la stricte vérité : j'avais envie de déménager. Les raisons qui me motivaient à faire ce choix ne regardaient personne.

« Parfait. Êtes-vous pressée de vendre ?

— Tu.

— Pardon. Es-tu pressée de vendre ?

— Ça dépend de ce que ça veut dire.

— Est-ce que t'as une date idéale de départ ?

— Je veux pas être ici à Noël. »

Dans mes pires cauchemars, je me voyais assise au bout d'une grande table infiniment longue, vide, face à une dinde grosse comme un chameau, baignant dans son jus. À la télé, restée ouverte pour me tenir compagnie, *Le miracle de la 34ᵉ Rue* lançait ses couleurs délavées.

« OK. Je peux vous présenter plusieurs scénarios : a) « j'ai tout mon temps » ; b) « je veux vendre, mais pas à n'importe quel prix » ; c) scénario agressif : « faut que je lève les feutres au plus sacrant ».

— On fait ça comment, un scénario « agressif » ?

— J'ai une équipe qui vient faire du *home staging*, on affiche un prix une coche en dessous du marché pour faire sortir les offres pis peut-être même créer une surenchère, j'offre une bonne cote au courtier collaborateur. Ça peut se régler en une fin de semaine.

— Je fais quoi, moi, là-dedans ?

— Rien. À part penser au déménagement.

— Ça me plaît.

— J'imagine que vous av... t'as commencé à regarder d'autres maisons?

— Non, je commence. J'ai eu ton nom hier, chez Sabrina.

— Beaux cheveux en passant.

— Merci.

— Je pourrais te trouver quelque chose assez rapidement.

— Je sais pas vraiment ce que je cherche.

— On peut te créer un profil d'acheteur avec des choses que tu sais peut-être déjà: le nombre de chambres que tu veux, le coin où t'aimerais t'installer, le prix...

— En ville.

— En ville?

— Dans Montcalm, y a des belles maisons qui sont à vendre...

— À Limoilou.

— Limoilou? C'est surtout des plex...

— Oui, un plex...»

Après une semaine de petits travaux légers pour réparer les trous dans les murs, faire quelques retouches çà et là et poser un garde-fou pour la terrasse, ma maison était impeccable. J'ai seulement supervisé les travaux faits dans le salon pour m'assurer que l'enveloppe maudite allait être emmurée vivante, qu'on n'allait pas tomber dessus par hasard. Elle pourrirait entre deux couches de Gyproc, étouffée dans la fange de ses ragots. Ce mur porteur ne serait abattu qu'avec la maison, à la fin des temps, dans la grande vague apocalyptique de la fonte des glaciers ou dans le brasier de l'enfer, dans tous les cas bien après ma mort.

L'équipe de *stageuses* a ensuite débarqué, sur talons aiguilles, pour « mettre en valeur les charmes de la maison ». Au risque de parler de ce que je ne connais pas, je doute sincèrement qu'une vigne artificielle placée au-dessus d'un îlot de cuisine puisse convaincre qui que ce soit d'acheter une maison, la mienne comme une autre. Quand je les ai vues débarquer avec un panier de fruits en plastique et des tulipes en tissu, je suis allée voir ailleurs si j'y étais, non sans lancer une petite proposition avant de quitter.

« Si on faisait cuire des bons muffins pour la visite libre ?

— …

— Pour l'odeur…

— …

— Oubliez ça, je disais ça de même. »

La formule agressive a presque trop bien marché. Stéphane m'annonçait, une semaine plus tard, que nous avions trois offres sur la table. Avec des muffins, nous en aurions eu une demi-douzaine.

« À quel moment veux-tu recevoir les offres ?

— J'aurai jamais les nerfs assez solides pour ça.

— Je peux les recevoir pour toi pis aller te les présenter ensuite.

— À moins que… »

Stéphane détestait mon idée, mais je ne voulais pas me taper les regards dégoulinants de supplication des agents venus me convaincre que leur client avait « besoin » de ma maison qui était vraiment « un beau produit ». Alors je me suis cachée dans le garde-manger, bien installée sur une chaise moelleuse pour ne pas faire de bruit.

La première agente est arrivée avec du retard: première prise.

«Allô mon beau Stéphane! Ça va? T'es de plus en plus beau, toi! Bon, tu vas voir, je t'amène une offre du tonnerre, tu porteras plus à terre, attends que je te déballe ça. Méchante bizarre pareille, ta cliente, à l'avait-tu peur que je la morde? *(deuxième prise)* En tout cas, mes clients sont ben énervés, y ont beaucoup aimé la maison, d'ailleurs je comprends pas *(troisième prise),* moi, les canadiennes, ça me fout le cafard *(out!),* et *blablabla blablabla.* Elle lui servait du «mon beau Stéphane» toutes les deux phrases, comme pour mettre du liant dans son discours décousu qui s'égarait entre les considérations techniques de la vente de la maison et les révélations non sollicitées sur sa vie personnelle. Nous ne la supportions pas depuis dix minutes que nous savions déjà à peu près tout de sa dernière séparation. Et elle venait de se faire poser un stérilet.

La deuxième était arrivée à pas de souris et parlait à voix basse. Je n'entendais pratiquement rien de ce qu'elle disait. En essayant de me rapprocher du trou de la serrure, j'ai accroché une série de pots de tomates cordés au sol.

«Ça bouge là-dedans.

— Non, c'est la tuyauterie.

— On dirait plus un petit animal.

— C'est une vieille maison, le bois travaille un peu avec le chauffage qui vient de repartir...

— Faut nous aviser si y a une infestation de quoi que ce soit.

— T'as ma parole, Carole, tout est beau.

— On peut-tu quand même ouvrir la porte pour vérifier?

— Oh! Bertrand arrive déjà! Ce serait quoi la date de prise de possession de tes clients?»

Le Bertrand en question portait des chaussures à claquettes, ou quelque chose d'équivalent. Je pouvais sentir sa présence, son poids, son odeur. J'imaginais le teint bronzé, les cheveux teints, la grosse montre.

«Salut mon Steph! Ça fait un bail qu'on s'est pas retrouvés ensemble sur un dossier!

— Ben oui. Assieds-toi.

— Oh la belle offre que j'ai pour toi, mon Steph! Je t'amène de la belle argent.

— Je t'écoute.

— Je suis certain qu'on va pouvoir s'entendre.

— Ma cliente va regarder tout ça à tête reposée.

— Écoute, mon Steph, j'ai un prix pour toi, mes clients sont au bout du fil, y attendent juste pour mettre le chiffre final.

— Y attendent quoi?

— Ha! Mon Steph…

— Je comprends pas.

— Non?

— Non.

— Je sais que oui, mais je t'explique quand même.

— Ce sera pas nécessaire, Bertrand, je joue pas. Ton offre.

— C'est pas mon offre, c'est la tienne, et la tienne, c'est la nôtre.

— Fais-moi pas chier avec ton discours de *preacher*. T'as trois minutes.

— Ça va me prendre dix secondes. Tu me donnes ton chiffre pis c'est fini.

— Tu sais que je peux te dénoncer.

— Hé! mon Steph, voyons voyons, on reste calme…

— Y te reste trente secondes. »

Il a gribouillé un chiffre avant de sortir en maugréant. Il n'en avait rien à faire des règles du jeu, comme tant d'autres. Une commission d'enquête sur le courtage immobilier ne nous révélerait rien de plus que toutes les autres commissions d'enquête: certains gagnent en trichant. La parfaite honnêteté se rencontre beaucoup plus rarement que la petite combine. Les systèmes sont à l'image du corps, imparfaits et fonctionnels.

J'ai finalement penché pour l'offre de la grosse pas fine qui n'aimait pas ma maison; ses clients l'aimaient, ceux-ci rachetaient celle-là. Surtout, elle représentait une famille de quatre enfants. Toutes les chambres, y compris celle du sous-sol, se rempliraient de jeux, de rires, de pleurs, de confidences murmurées, de rêves, de bouts de peau perdus. Comme nous l'avions désiré vingt-cinq ans auparavant, ils voulaient vivre là pour la vie. Je me suis détestée pour le petit rire cynique qui a fusé en moi. Comme moi, elle pansait encore ses cicatrices, cette vieille maison, un trop-plein de neuf ne pourrait pas lui nuire. L'imaginer débordante de vie était probablement la seule façon de m'arracher à elle.

Les enfants sont venus prendre les meubles dont ils avaient besoin ou qu'ils tenaient à garder. Ils ont minutieusement empaqueté leurs souvenirs de jeunesse pour en garnir leur vie – ou leur cave. J'avais orchestré le tout pour qu'ils viennent tous en même temps, le jour même de mon propre déménagement, pour me donner l'illusion que nous ne faisions que changer de maison ensemble. C'est ce qui m'a permis, sur le coup, de ne pas m'effondrer. J'ai seulement versé quelques larmes quand Alexandre m'a dit que ses souvenirs étaient dans sa tête, pas dans la maison. Je l'avais rarement vu aussi ébranlé, mon grand sensible. Qu'on le veuille ou non, une faille délimitait à présent, dans notre histoire familiale, l'avant et l'après. Je l'ai bercé debout, mon adorable premier. C'est tout ce que je pouvais faire pour nous. Les mots rassurants qui m'étaient venus naturellement toute ma vie pour le consoler sont restés hors d'atteinte. J'étais submergée par la douleur, incapable de tendre la main et de nous en extraire.

Je suis revenue le lendemain, toute seule, et j'ai longuement pleuré devant ma belle vieille maison canadienne. La vie que je m'étais inventée perdait ses derniers ancrages. Les dernières traces de l'avant s'étiolaient. Mes amours, tous mes amours, étaient partis se faire une nouvelle vie. Sans moi. Ils se construisaient des histoires dans des ailleurs qui ne me concernaient désormais pas. Je me sentais larguée, abandonnée, comme le blessé qu'on n'a pas le choix de laisser derrière pour sauver sa peau.

J'avais besoin d'une nouvelle histoire, d'une nouvelle vie. Bref, d'un grand *reset*.

Charlotte m'a laissé Chat de Poche.

∎

Quand elle a vu ma nouvelle tête, ma psy a tout de suite su que nous ne nous reverrions plus. Paradoxalement, c'est en comprenant mieux son rôle que j'ai senti le besoin d'arrêter le traitement. J'étais entrée dans son bureau comme au confessionnal, croyant que je pourrais, moyennant rétribution – dîme ou honoraire, c'est du pareil au même –, me défaire proprement de mes ténèbres en les déchargeant dans une femme-égout. Il me plaisait de penser qu'elle s'en remettait au yoga pour se vidanger du surplus de confidences, comme les curés confiaient au vin de messe les bassesses qu'ils prenaient en charge au nom du divin père absent. Mais je n'avais rien compris : ce n'était pas un dépotoir, cette femme, mais un miroir. Avec elle, j'avais fini par entrevoir, entre deux ombres confuses, la femme que je pouvais encore être. Ce n'était pas dans les plans quand je m'étais mariée, bien sûr. Mais j'ai appris, depuis, que l'imprévisibilité de la vie est l'une de ses plus belles qualités. Personne ne s'embarque sur un bateau en acceptant d'emblée l'idée qu'il va couler. Pourtant, les bateaux coulent. Les fonds marins sont tapissés d'épaves que la faune et la flore digèrent doucement. La mer n'en est pas moins couverte, chaque jour, de bateaux de plus en plus nombreux, de voiliers majestueux. Ça se comprend, elle est si belle. L'amour, comme la mer, vaut bien le risque qu'il nous fait courir.

« Jacques m'a toujours protégée. Y est déjà sorti du char en plein hiver avec une barre de fer pour me défendre contre un gros colon que je venais de couper sur la route, pis qui voulait m'arracher la tête, *pfff*... Y m'a ramassée à la petite cuillère quand ma mère est morte, ç'a été tellement dur..., y m'a relevée de « nos » grossesses, comme y disait..., y voulait pas que je souffre, personne pouvait me faire du mal... Là, je vis la plus grosse peine de ma vie, je souffre comme je pensais même pas qu'y était possible de souffrir, mais y fait rien, y me regarde me vider de mon sang sans rien faire, c'est même lui qui m'a planté le couteau... Je m'imaginais tout le temps qu'y allait revenir, qu'y me prendrait dans ses bras pis qu'y me dirait qu'y s'était trompé...

— Pis maintenant?

— Y reviendra pas.

— Ça te fait peur?

— J'ai jamais eu autant la chienne de toute ma vie. »

21

Où je tricote, marche, danse.

« T'es qui, toi ?

— Je m'appelle Diane. Toi, comment tu t'appelles ?

— Simon.

— Tu restes où, Simon ?

— Dans ma maison. »

Il me faisait des gros yeux méchants. Son doigt a pointé le bout de la ruelle.

« T'es tout seul ?

— Sont où, les nains ?

— Quels nains ?

— Les nains qui étaient là !

— T'as perdu des nains ?

— Non !

— T'as quel âge, Simon ?

— Cinq ans et mi.

— Tu vas à la maternelle ?

— Voui.

— Est-ce que tes parents savent que t'es ici ?

— SI-MON ! »

Une grande fille est arrivée à la course, cheveux au vent, les poings fermés. Elle n'avait pas l'air spécialement de bonne humeur.

« Simon ! T'as pas le droit de traverser la rue tout seul ! Maman est en beau maudit ! Tout le monde te cherche. Viens-t'en ! Tu vas te faire chicaner !

— Je pense qu'il cherche ses nains.

— Ah ! Bonjour !

— Bonjour !

— C'est parce qu'y avait des nains ici, avant.

— Des vrais nains ?

— Non, des nains de jardin. Y avait un jardin avec des nains pis plein d'affaires de nains...

— Une tite brouette.

— Oui, y avait des maisons, un puits, des brouettes, un moulin, des champignons, plein d'affaires.

— Sont yoù ?

— Simon, y en a pus ! Madame Nardella est partie !

— Je viens d'acheter le duplex avec une amie. J'habite le deuxième.

— Vous êtes chanceuse, y est neuf. Y ont complètement démoli la maison qui était là avant. Elle avait juste un étage.

— Oui, le contracteur m'a expliqué ça.

— Faut qu'on y aille, ma mère nous attend.

— T'es chanceux d'avoir une belle grande sœur comme ça, toi !

— Non.

— On est cinq enfants, pis c'est le seul gars, fait qu'y se trouve pas ben chanceux.

— Cinq enfants ? De la même mère ?

— Oui.

— ZAZIE, REGARDE, Y A UN CHAT!

— *Wouah!* Un chat à trois pattes.

— C'est mon chat, Steve. Je l'appelle Chat de Poche, y me suit partout.

— Est où, sa jambe?

— Y a eu un accident.

— OH NON!

— C'est correct, ils l'ont soigné, pis là, y va super bien. Y court partout, y adore la ruelle, y a plein d'amis ici!»

J'ai cru bon garder pour moi qu'il m'avait ramené plusieurs oiseaux et deux souris depuis notre arrivée.

«Moi aussi, j'ai un chat.

— Ah oui? Y s'appelle comment?

— Patate-2.

— Patate-d'œufs? C'est ben drôle, ça!

— C'est parce que Patate-1 est mort.

— OK Simon, une autre fois, là, faut qu'on y aille. Maman nous attend.

— Mais je veux le flatter!

— Une autre fois.

— C'est quoi, ton nom?

— Isabelle. Tout le monde m'appelle Zazie.

— Moi, c'est Diane.

— Salut, Diane.»

J'ai choisi le deuxième pour avoir plus de lumière. J'ai meublé deux belles chambres d'amis. Claudine s'est installée au rez-de-chaussée. Ses filles ont leur chambre au sous-sol. Tout le monde est content. Laurie se réjouit d'être en ville, le cégep est tout près. Adèle a été virée de son école privée pour un ensemble de raisons dont chacune était, aux yeux du directeur, suffisante à elle seule. L'affaire, bien qu'un peu humiliante – il y a ce vieil adage de la pomme qui ne tombe pas loin du pommier – arrange beaucoup Claudine.

« C'est gratos pis c'est à côté, fini les transports matin et soir pour madame qui se grouille pas le cul. »

Elle croit un peu naïvement que la nouvelle école va sortir sa fille de sa torpeur végétative. Je souhaite de tout mon cœur qu'elle ait raison. Et comme je la vois pratiquement tous les jours, une semaine sur deux, on se met à deux pour la brasser. Le mécanisme biologique est en parfait état de marche, son médecin l'a confirmé, hors de tout doute. Il ne reste qu'à faire démarrer la machine.

Alexandre a refusé d'être le parrain de son futur petit frère. Il trouve que son père « sur le retour d'âge » charrie un peu en lui demandant ça. Je sais que c'est mal, mais ça m'a fait du bien. Mon fils a voulu me venger, je lui en suis reconnaissante. Les bons sentiments viendront plus tard, quand nous serons venus à bout de la douleur.

J'ai abandonné l'idée de me mettre à la course. La vie m'offre déjà son lot de souffrances, je ne vois pas la nécessité d'en rajouter. Pas pour l'instant, du moins. C'est pour cette même raison que j'ai demandé le divorce sans attendre et sans faire d'histoire. J'ai encaissé ce qui me revenait, par les bontés du mariage – et l'adresse de mon avocat –, en restant sourde aux implorations de mon ex-belle-mère. Le mariage présente tout compte fait certains avantages : je ne suis pas pressée de me trouver un travail. Je me suis mise au tricot.

Par contre, je chausse tous les jours mes espadrilles et marche des kilomètres pour me réapproprier mon ancien quartier. Les arbres matures sont encore là, le vieux stade de baseball aussi, certaines écoles, même le coiffeur-barbier au coin de la troisième. Les petits cafés, les épiceries fines et les boutiques d'artisans pullulent un peu partout. Les ruelles et les balcons sont encore au centre de l'univers des gens d'ici. Par les soirées chaudes, on entend le tintement des verres, des bouteilles et de la vaisselle. Je ferme les yeux et je goûte sa musique, moi la « pas-de-*beat* ». Le grand hoquet de ma séparation m'a ramenée ici, dans cette idée de mon enfance demeurée presque intacte.

Ces nouveaux espaces de vie m'ont permis de comprendre une chose fabuleuse : mes enfants ne sont pas Jacques. Le regard que je pose sur eux n'est en rien entaché par le fait qu'il est leur père. Au contraire, ils portent ce que j'ai le plus aimé de lui. Et je ne renierai jamais les sentiments que j'ai éprouvés pour cet homme. Essayer de traduire en mots l'amour que j'ai pour eux est un exercice vertigineux. Je les aime démesurément. Dans la balance, le reste compte si peu.

À la quincaillerie du quartier, dans la section « Jardinage » qu'on s'apprêtait à transformer en foutoir à pelles, je suis tombée sur une belle collection de nains de jardin. Si on m'avait dit un jour que j'achèterais un nain de jardin pour autre chose que faire une blague, je ne l'aurais pas cru. C'est tellement kitsch que ça verse dans le beau. Mon cœur de petite madame a flanché.

« C'est la grosse mode, ma petite madame. J'ai été en rupture de stock presque tout l'été. Ça, c'est les ceusses qu'on a reçus en fin de saison, c'est pour ça qui m'en reste encore.

— Sont pas en spécial?

— Oh non! Je vas les monter de trois piasses au printemps pis ça va s'envoler comme des tits pains chauds. »

Loin de moi l'idée d'être à la mode. Je veux seulement faire plaisir au petit Simon qui passe souvent par
ici avec l'une ou l'autre de ses sœurs. J'en ai choisi un qui
transporte une « tite brouette ».

« Ji-Pi te salue.

— Oh oh! Le beau Ji-Pi! Tu l'embrasseras pour moi.

— J'y manquerai pas.

— T'as une drôle de face.

— Tiens, ouvre-nous ça.

— Du champagne? Pas du vrai?

— *Oh yes!*

— Qu'est-ce qui se passe?

— Tu me croiras pas.

— Quoi?

— Philippe m'a enfin payé ce qu'y me devait!

— NON!!! PARTY! »

Le vendredi soir, c'est notre moment sacré, à
Claudine et moi. On se débouche une ou deux bouteilles
de solution temporaire et on refait le monde, en mangeant des plats du traiteur du coin. Pas de préparation,
pas de vaisselle, pas de culpabilité, la grosse vie sale, celle
que nos grands-mères n'ont jamais connue. Quand on
est bien réchauffées, on se met de la musique et on danse,
en pieds de bas sur le plancher verni du salon. Mon corps
bouge au rythme qu'il décode. Je le laisse faire, il est libre.
Laurie dit que je danse d'une façon « originale ». Pour
une femme plate coincée dans une histoire banale, c'est
un beau compliment.

Table

1. Où je donne mon opinion sur le mariage 9
2. Où je coule doucement, plombée
   par ma surcharge pondérale 13
3. Où Claudine, sans trop de succès,
   tente de m'aider 21
4. Où je mesure le prix des mots 42
5. Où je dévoile mon sixième orteil 48
6. Où Jean-Paul devient mon petit tremplin 55
7. Où je radote des affaires banales 71
8. Où je me remémore les joies
   de l'adolescence 77
9. Où, comme Rocky, je m'écrie
   « Charlèèèèène ! » 91
10. Où j'essaie de courir 99
11. Où je cherche le magasin des animaux 104
12. Où je me tape un épisode digne
    de Twilight Zone 107
13. Où je raconte n'importe quoi
    à mon ex-belle-mère 116
14. Où je dis encore « oui » 124
15. Où je prends en grippe les souffleuses
    à feuilles 128
16. Où je renverse du café 158

17. Où je regarde l'enveloppe et mange
    de la tarte aux pommes 167
18. Où l'on peut considérer que certaines choses
    sont parfaites quand elles sont aux trois
    quarts complètes 179
19. Où je découvre que certains abysses
    sont sans fond 192
20. Où je me vois dans le miroir 223
21. Où je tricote, marche, danse 239

Suivez-nous :

Réimprimé en septembre deux-mille-vingt
sur les presses de l'imprimerie Gauvin,
Gatineau, Québec

L'intérieur de ce livre a été imprimé
sur papier québécois 100 % recyclé